悪徳女王の心得
2
The evil queen's Beautiful Principles

アリシア
Alicia
ヴィルヘルム
Wilhelm
ルクセリア
Luxeria
The evil queen's Beautiful Principles

ギルバート
Gilbert
トミー
Tommy
ゴドフリー
Godfrey

contents

The evil queen's
Beautiful Principles

悪徳女王の心得

The evil queen's
Beautiful Principles

2

澪亜

illust. 双葉はづき

口絵・本文イラスト
双葉はづき

装丁
coil

プロローグ

コツン、コツン。
白黒格子柄の盤面に乗せられた駒。
それを弄《もてあそ》ぶ音が、室内に響く。
その音に重なるように、ノック音が響いた。
「失礼致します」
視線を扉に向けると、室内に入って来たギルバートとトミーの姿が目に映る。
……その姿に、一瞬思考が停止した。
ギルバートは良い。
寸分の乱れなくカッチリとした衣服を着こなし、両手には大量の書類。
まさに、いつも通りの姿だ。
問題は、トミー。彼は、私専属の隠密にして頼もしい存在だ。
……今は、可愛《かわい》らしく侍女の制服を着こなしているが。
大方、また私以外の人に聞かせられない話をしに来たのだろう。
さりとて、密室で女性の付き添いがないと私の評判に関わると配慮した結果だ。

残念ながら、私とトミー、それからギルバートの会話は内緒話が多いので、結果、これまでトミーは何度も侍女姿を披露する羽目になっている。

ただ、何度見てもどうしても慣れない。

毎回笑いを堪《こら》えるのに、一瞬固まってしまうのだ。

……益々、侍女姿に磨きがかかっているなと苦笑しつつ、周りにいた使用人を下げた。

「夜分遅くに申し訳ございません。幾つか急ぎの決裁書類がございまして」

「うむ。問題ないぞ」

私はそれまで座っていた椅子から立ち上がり、奥の執務用の椅子に改めて腰を下ろす。

それからギルバートの説明を受けつつ、幾つかの書類にサインをしていった。

「……これで、全てか？」

情報量の多さに頭を押さえて息を吐きつつ、問いかける。

「はい。お時間をいただき、ありがとうございました」

「問題ない、と言ったであろう？　余は他の何をおいても、職務を優先しなければならぬ立場だからな」

そう言いつつ、苦笑した。

私の名前は、ルクセリア・フォン・アスカリード。

地球という星で生まれ育ち、平々凡々な日々を送っていたというのに……何故《なぜ》か突然死んで、別の世界に生まれ変わった。

それだけでも十分衝撃的だったけれども、生まれ変わった世界は魔法が存在する世界。

……生まれ変わったことも含めて、まるでファンタジー小説のようだな……と思った。

けれども実際は、全く夢も何もない世界だった。

まず何の因果か、私の生まれは王家。

しかも、直系にして唯一の王位継承者だった。

けれどもお姫様として生まれたことに浮かれる間もなく、幽閉が決定。

原因は、魔法だった。

私が持つ魔力量は他者を圧倒する程に莫大《ばくだい》で、しかも扱える魔法は強力なそれだったから。

この世界では基本、魔法は一人につき一つ使える。

世界に姿や中身が全く同じ人がいないのと同じように、魔法も人によって全く異なる。

私の魔法……『心域《しんいき》』は、人が隠している本音を心の声として聞き取り、更に人を意のままに操るそれだった。

私は全くその魔法をコントロールすることができず、私自身と他者を壊す可能性そのどちらも高いということで危険だと判断され、結果幽閉が決定した。

……けれどもかえって、それで良かった。

仮に魔法がなかったとしても、王宮にいたら苦労しただろうな……と簡単に想像がつく程に、王族の力が弱まっているから。

王族とは、ほぼ名ばかり。王の力が及ぶのは、王都周りの一帯のみ。

正直、一領主とさして変わらない。

長い年月をかけて王族は、権威も権力も何もかも剥《は》ぎ取られていたのだ。

代わりに台頭したのは、五つの侯爵家。通称、五大侯爵家だった。

翻って幽閉生活は、働かなくても食事が出るし、好きなことができる。

まさに、悠々自適な理想の生活。

おまけに、そこで私は友と呼べる人とも出会えた。

だからこんな日々も良いかな……と、正直思っていた。

けれども、それも呆気《あっけ》なく終わった。両親の訃報《ふほう》という形で。

それも事故や病ではなく……殺されたのだ。

犯人……というか、実行犯の裏で糸を引いていたのは、五大侯爵家。

私自身も両親が襲われていた頃に誘拐されそうになって、その過程で唯一の友を失った。

そうして、呆気なく私の平穏な日々は壊された。

後に残されたのは、復讐心《ふくしゆう》。

両親を殺され、友を失った憎悪だった。

そして、私は誓った。

権力が大好きな彼らを失墜させ、這《は》い蹲《つくば》らせてやると。

彼らが権力によって歪《ゆが》めた国のあり方を正し発展させ、彼らを高みから見下してやると。

そうして私は、亡き父に代わり女王になった。

……振り返ってみると、なかなかに濃厚な日々を送っていたなと思う。

「そう仰《おつしや》っていただけて、何よりです」

ギルバートの反応に、私は現実に引き戻された。

「其方《そなた》も、其方の下にいる官僚たちもよくやってくれている。……この半年、問題なく計画が進んでいるのは、其方たちの尽力の賜物。お陰で、そろそろ完遂が見えてきた」

戴冠式《たいかんしき》の日、私は復讐劇の開幕のベルを鳴らした。

まず潰《つぶ》したのは、五大侯爵家の一角にして私の婚約者の実家であったラダフォード侯爵。

式に出席していた直系も、領地に残っていた傍系も、皆処断した。

そして官僚たちには、戴冠式の日からこの半年間、取り潰した侯爵家の基盤を国に吸収させ、かつ効率的に当該領地の運営ができるよう体制を整えてもらっていた……という訳だ。

「……お言葉ですが、『問題なく』とは当然のことですよ」

ギルバートは資料を持っていない方の手で、メガネをクイッと上げた。

そのメガネの奥の瞳《ひとみ》が、キラリと輝いた気がする。

「ほう？」

面白くなって、真意を問うように相槌《あいづち》を打った。

「私から言わせると、『不測の事態』が多発するということは、それだけ計画が甘かったということ。計画段階で、リスクを洗い出すだけ洗い出し、そのリスクに対して備える。貴女様《あなた》も、それが重要だと考えているからこそ……私どもにあれだけ準備をさせたのでは？」

ギルバートの問いに、私は小さく笑う。

「……そうだな。その通りだ」

戦は、そこに到る前に勝敗が決すると聞いたことがある。

政もそれは同じだ。

そう思うからこそ、どれだけの金がかかるか、どれだけ人員を投入する必要があるか、どういったリスクがあるか……そういう諸々のことを調査し分析した上で、計画を立案したのだ。

ラダフォード侯爵家を弾劾した後になって、『何も準備ができていない』なんて、口が裂けても言えないし。

「いずれ、其方には報いなければならぬな。官僚の活躍はともかく、計画段階で其方がどれ程尽力したか、他者の目に映らぬ故」

「別に良いですよ。約束通り、飽きの来ない面白い仕事をさせていただいているので。私にとっては、それが報酬です」

「全く、欲がないな……。まあこの件に拘らず、いずれ変えていかなければならぬ」

民は、知らない。

政を担う者たちが、どんなことをしているかだなんて。

どれ程の重責を背負い、一つの政策を決めるのにどれ程の労力をかけているかなんて。

けれども、それは仕方ないこと。

テレビもインターネットもないこの世界で、民が政を知る機会はあまりにも少ない。

仮に民の目に触れることがあったとしても、それは結果だけ。

だからこそ余計、私たちに失敗は許されない。

結果に対して責任を負うのは当然のこととは言え……過程の努力が日の目を見ることはないのだから。

……否、それは前世も同じか。

テレビがあろうとも、インターネットがあろうとも、人々が政に興味がなければそれまで。

そして誰かにとって都合の良い真実を基に、人々は批評する。

まあ、私も前世では全く興味がなかったから何とも言えないが。

ふと呟《つぶや》いた私の言葉に、ギルバードが大きく頷《うなず》く。

「言い得て妙ですね。国民に発表されるのは、ほんの一部のことですから」

「やがては、それも変えていかなければならぬのであろうな。余は其方らを信じているが……政が利権を取り合うだけの場となる危険性もある」

「それは、そうかもしれませんが……今はまだ、先のことかと」

「……それも、そうだな。でなければ、我《われ》らも悪巧みができぬ」

ついつい、ニヤリと笑みが溢《あふ》れた。

「さて、そろそろ動くぞ。残りの侯爵たちを排除する」

その言葉に、それまで空気だったトミーが楽しそうに笑った。

五大侯爵家の残りは、四家。

オルコット侯爵家、スレイド侯爵家、ウェストン侯爵家、そしてベックフォード侯爵家だ。

「ええ、ええ。そろそろ、そう言われるかと思っていましたよ。どう排除するかはさておき、彼らを排除した後の計画を詰めています。現在領地で持つ仕事を、どのように国政へ集中させるか……既にラダフォード侯爵家の経験がありますので、後は地域の特性を加味した上で計画を練り直すのみです」

ギルバートも、楽しそうに笑みを浮かべていた。

「そうか、そうか。それは頼もしいな。……ふふふ……ははは っ」

つい、我慢ができなくなって腹の底から声を笑う。

「ああ、すまぬ。やっと……やっと邪魔な奴らを排除できると思うと、つい……な」

こみ上げてくる笑いをなんとか抑え、言葉を紡ぐ。

「……貶《おとし》められたと分かったその時、奴らは一体どのような表情を浮かべるのであろうな？ 後悔？ 絶望？ 憤怒？ 憎悪？ ふふふ……ははは っ！ 想像しただけで、楽しくて仕方ない」

彼らを冷たい鎖で捕らえることを想像するだけで、痺《しび》れそうになるほどの幸福感が私を満たす。

幸せな未来想像図に浮かれた私とは違って、ギルバートは少し顔色を悪くしていた。

「ああ、ああ……重ね重ねすまぬ。忙しい其方の時間を、余の戯言《ざれごと》で奪う訳にはいかぬな」

「いえ……そのようなことは。ですが、お言葉に甘えて失礼致します」

書類を手に去っていくギルバートを見ながら、それまで無言だったトミーが口を開いた。

「……可哀想《かわいそう》に。ルクセリア様の毒に当てられて、ギルバートさん、顔色真っ青でしたよ」

「毒？」

「無自覚ですか……。つまりですね、そんな獲物を狙うような目で見ないでくださいってことですよ。俺でも、寒気を感じているんですから」

「ああ……そういうことか」

漏れ出る魔力を抑えながら立ち上がり、先ほどまで座っていた遊戯盤の前の席に再び座り直した。

「だがのう……トミー。復讐とは、醜悪だが……この世で最も甘美なモノだ。それを前にして涎《よだれ》を垂らしても仕方ないと思わぬか？」

「残念ながら、貴女様と違って俺はグルメじゃないので」

「食わず嫌いはよくないぞ」

「……劇物と分かっていて、自ら喰《く》らおうとする人は珍しいですよ」

「そうかもしれぬな。聖職者に問えば、罪を受け入れて許せと言うだろう。法務官に問えば、自身が罪を重ねるなと言うであろう。友に問えば、父母は決してそのようなことを望んでいないと言うであろう。けれども……否、だからこそか。忘れられぬほどに甘美なのであろうな」

「え⁉　貴女様に友がいるのですか？」

失礼な問いだなと思ったけれども、確かに友達がいそうには見えないか……と、苦笑いが浮かぶ。

「……ずっと昔に、『いた』よ」

思い浮かぶのは、あの塔で過ごした日々。私と……友であった、アリシアで完結した世界。

「ああ、そういうことですか。失礼しました」

あえて過去形で言ったその真意を悟ったのか、トミーはそれ以上質問を重ねることはなかった。

「否、良い」

目の前の駒を、弄《もてあそ》ぶ。

「国のために奴らの排除が必要だという大義名分はある。だが……結局のところ、甘美な果実を前に、止《や》められぬだけ。心の奥底にあるのは、憎しみという名の醜い感情だ。……時折、そんな自分に嫌気が差す」

「……なら、止めますか？」

「否、それはありえぬ」

パキリと、手にあった駒が悲鳴をあげた。

……つい、魔力が漏れてしまったか。

「その果実があるからこそ、ここまでやってきた。……それに正直なところ、果実に手をかけた今、楽しくて仕方ないという気持ちもある」

つい、笑みが溢れる。

「……ホラ、また出てますよ。毒が」

「やっと幕に手をかけることができた今、この喜びを抑えられると思うか？」

「……なるほど。それじゃあ、仕方ないですね。ですが、獲物の前ではくれぐれも自重してくださいよ。狩人《かりうど》がそんなに殺気を出していたら、獲れるもんも獲れなくなりますから」

そう言ったトミーこそが、獲物を前にした肉食獣のように鋭い目を輝かせていた。

確かにこんな視線を向けていたら、私がどんなことを考えているか相手に筒抜けになるか。

「肝に銘じておこう」

「……本題の前に、もう一つだけ良いですか？」

「何だ？」

「先ほど言っていた、アレ。貴女様の職務は他の何にも優先されるって言葉に、嘘偽りはありませんか？」

「勿論《もちろん》」

「それは、貴女様の感情よりも？」

「当然。五大侯爵家と同じ穴の狢《むじな》にはなりたくない」

復讐を前に、権力をそのためだけに使うようになってしまえば……醜いと思った五大侯爵家の奴らと同じだ。

それだけは、絶対に嫌。

「なら、良いんです。いえ、ね？　一応そこんところ、ちゃんと確認しておかないとなって」

「この国を復讐の道連れにするつもりはない」

「それが聞けたんで、良いですよ。じゃ、前置きはこのぐらいにして本題に入りましょうか。最近の侯爵家の動向についてです」

「ならば、まずはスレイド侯爵家を」

「貴女様の茶会で盛大に貴女様に喧嘩《けんか》を売った、勇敢な女性の実家ですね」

「ああ……そんなこともあったな」

彼に言われて、戴冠式の前に開いた茶会を思い出す。

人形姫と呼ばれていた私を貶めてやろうとする者は何人かいたけれども、その中でも露骨に攻撃をしてきたのが彼女だ。

「まあ、スレイド侯爵は随分と娘を溺愛《できあい》していることで有名ですから。娘が付け上がったとしても、仕方ないでしょうけど」

「五大侯爵家の権力を使った、盛大な甘やかし……か。彼女がこの世の王と勘違いしても、仕方ない」

「なーんで、家族に向ける愛を、他者にも向けられないんでしょうかねぇ」

トミーのぼやきに、笑う。

スレイド侯爵にとって、民は替えの利く道具。

実際、彼自身がそう言って憚《はばか》らない。

人のことを道具扱いする一方で、自身の家族を溺愛しているのだから、トミーの疑問も尤《もっと》もだ。

「他者のことを道具扱いするくせに。……同じ人とは思えないですよね」

「そのままの意味なのであろう。あやつにとって、人とは自身と同じく貴族という青い血の流れる者だけ。他者は人とすら見做《みな》しておらぬ。故にどうとでもできるとな」

「そうなんでしょうねぇ……ま、その思考回路が理解できないんですけど。さて本題ですが……その娘への甘やかしに関わる一件……ルビーの件です」

「ああ……かのご令嬢が持っていたルビーか。隠し鉱山は、見つかったか?」

侯爵令嬢は自領で手に入れたと言っていたけれども、スレイド侯爵領でルビーが採れるなんて報告は、見たことも聞いたこともない。

そのあたりがスレイド侯爵家攻略の一手にでもなれば良いと、トミーに調べさせていた。

「いいえ。それが、どんなに探っても鉱石が発見された痕跡《こんせき》は見つからないんですよ」

「……と、なると他領、あるいは他国からの輸入か」

無から有は生まれず。

現物があるにも拘らず侯爵領から発見されていないのであれば、その二択しかない。

「やっぱり、そう思いますよね。なので、ちょっとばかし領境を張ってみたんですが……一つ、面白いことが分かったんですよ」

「勿体《もったい》ぶらずに、早く言え」

「これは失礼致しました。……スレイド侯爵家と隣国セルデン共和国の間で定期的に人が行き来していたんですよ」

「ほう……セルデン共和国か」

セルデン共和国は、スレイド侯爵領に隣接する国。

けれども、セルデン共和国とアスカリード連邦王国の間には国交がない。

……というのも、セルデン共和国が魔法を『悪魔の所業』と見做し、魔力持ちを弾圧しているからだ。

魔力の塊とも言える宝剣の所有者を王に据えるこの国と相容《あいい》れないのは、当然のことだろう。

「……何をやり取りしているのかが、問題だな。何かの商品、あるいは情報……色々考えられるが」

「仮にルビーがその対価だとしたら、それなりに価値があるものでしょうね」

「で、あろうな。まあ……隠れて動いているのだから、どうせろくなことではないであろう」

「同感です」

そっと、息を吐いた。

「……セルデン共和国に密偵は？」

「既に放っています」

「分かった。ならば、引き続き新たな情報が入れば知らせよ。……それにしても、そのような経緯を持つ宝石を娘に与えるとは、な」

「だから、甘いんですって。そんな宝石、足がつかないように売り払うのが定石でしょうに」

トミーの酷評に、思わず笑う。

「まあ……おかげで、こちらは情報を手に入れられたが」

「そうですね。……さて次はウェストン侯爵家ですが、特に大きな動きはないです。ただ、現当主と嫡男のオスカーが、言い争いをしているとの噂がありますが」

「ほう……オスカー、か」

「あれ？　知り合いですか？」

私の表情の変化を見落とさず、トミーは興味深そうに問いかけてきた。

「知り合いではない。ただ、会ったんだ。戴冠式《たいかんしき》の時にな」

「そりゃ、五大侯爵家の人なら戴冠式に出席しているでしょうよ」

「そうだな。……だが、奴だけだったよ。余を恐れなかったのは。宝剣を出した時も、ヴィルヘルムを刺した時も」

私が人形姫と軽んじられていたのは、代々王が受け継ぐ宝剣を出すことができなかったからだ。

代々王が受け継ぐ、五つの宝剣。

普通は前の王が死ねば、次の王が自然と宝剣を召喚できるようになる。

それなのに、私は父が死んでも宝剣を出すことはできなかった。

……表向きは。

真実は、誘拐騒ぎのどさくさで死にかけたアリシアを宝剣の力で助けた結果、体内にある魔力の通り道……魔力回路が壊れたのだ。

魔力回路が壊れているせいで、未《いま》だに魔法を使う度に倒れる。

それで体が成長するまで魔法は使わないようにして、表向き人形姫を演じてきたという訳だ。

だから戴冠式で私が宝剣を出した時には、誰もが驚いていた。

その上、婚約者のヴィルヘルムを刺殺したのだから皆が恐慌状態に陥っていた……のだが。

「まさか、情報が漏れていたのですか？」

「否……それはないだろう。奴は、確かに驚いていた。だが……何故《なぜ》か、笑っていたんだ」

「笑っていた？」

トミーですら、オスカーのその反応に驚いたようだった。

「意味が分かんないです。……いずれにせよ、気になるので洗っておきます」

「ああ、分かった」

「……では、次にオルコット侯爵家を。あの家も特に動きはありません。強いて言うと、最近領地の治安を向上させるために、警備を強化しているようです」

「……本当に、治安を向上させるためだけなのか？」

「領地に潜入した部下によると、事実、治安は改善されているようですよ？　尤も……名目はなんであれ、オルコット侯爵家の戦力が増強されたのは事実。引き続き、調査させます」

「ああ、頼む」

「では最後に、ベックフォード侯爵家……と言いますか、エトワールの件です」

「ああ……あの見世物小屋が、ベックフォード侯爵家と繋《つな》がっているという話だったか」

アリシアから教えてもらった、王都で話題の見世物小屋。

転々と各地で興行する見世物小屋が、『あの』戴冠式後の不安定な王都に根を張っていることに違和感を覚えて、監視をさせていた。

そうしたら案の定、五大侯爵家の一角であるベックフォード侯爵家と繋がりがあった……という訳だ。

「はい、そうです。……ちょっとその捜査で煮詰まったので、ご相談を」

「確か監視中に複数回、ベックフォード侯爵家の手の者と密会している場面を発見していたな？」

「ええ。ただ、その目的が未だに不明なんですよ」

「ベックフォード侯爵家の者と何か手紙のやりとりは？」

「それが、全然ないんです。まあ、お互い王都にいて接触が容易《たやす》いので、わざわざ証拠を残すような真似をしないということなんでしょうけど」

「ベックフォード侯爵にしては、慎重な対応だな」

「ええ、そうなんです。……女の尻《しり》を追いかけるしか能がない当主が、そんな慎重な対応をするなんて、ちょっと不自然ですよね？」

「ああ……。確か愛妾《あいしょう》を囲い、金を湯水の如く使っていたな」

「ええ。それだけでも領主としてどうかと思いますが、挙句、公式の場でも正妻ではなく愛妾を伴うほどの非常識さ。流石《さすが》に他の貴族たちも眉《まゆ》を顰《ひそ》めていますね」

「そんな男が、今回の件は慎重に動いている。……別の男が手を引いているのか、あるいは馬鹿を演じているか、か……」

「後者でしたら、凄《すご》いですよね。役者も真っ青な演じっぷりだ」

「ああ……そうだな」

「それで、話を戻すとですね……ベックフォードの家に、調査に入っても良いですか」

「構わぬ」

「なら、早速にでも」

「……配下ではなく、其方《そなた》が直接調査に入るのか？」

「ええ。慎重に対応すべきでしょうから」

「そう、だな……。ならば配下の者たちを借りても良いか？」

「良いですよ。丁度、貴女様《あなた》に命じられていた国内の魔力持ちの扱い方について、粗方調査が完了したところですから」

「ああ……魔力持ちの件か。報告はいつ頃になる？」

「国内に散らばった皆が戻り次第、纏《まと》めますよ。……それで、新たなご用命は？」

「過去、エトワールが興行して回った地を調べて欲しい」

「足取りならば、既に調べがついていますが」

「それぞれの地で、何か事件が起きていないか。……どんな小さなことでも、関係がないと思われるようなことでも良い。ベックフォード侯爵家に繋がりのある組織が、何の意味もなく各地を回るとは思えぬ」

「あいつらの過去の足取りから、目的を探るということですか。……どうやら俺は、視野狭窄《きょうさく》に陥っていたようですね。部下にすぐ調査させます」

「うむ。任せた」

トミーは頭を下げると、そのまま部屋を出て行った。

それから間もなく私も部屋を出ると、護衛騎士に守られながら私室に戻った。

「お疲れ様です、ルクセリア様！」

満面の笑みと共に迎え入れてくれたのは、アリシアだ。

私の側仕えにして、過去共に塔で暮らしていた友人。

……尤も、本人は誘拐事件で死にかけたせいか……私と共に塔で暮らしていた記憶は失《な》くしているけれども。

おまけに、それまで使えていた筈《はず》の魔法も、記憶を失うと共に使えなくなってしまったらしい。

今は私の側仕えだから、魔法なんて使えなくても全く問題ないが。

「アリシア。何か飲み物を頂戴《ちょうだい》？」

「畏《かしこ》まりました。丁度、疲れに良いと言われているお茶を手に入れましたので、お淹《い》れ致しますね」

「では、ルクセリア様。その間にお着替えのお手伝いを」

それまで空気のように気配を消して佇《たたず》んでいたフリージアが、そっと私の側に近づいて来た。

「ええ、ありがとう」

そのまま衝立《ついたて》の裏側で、フリージアに手伝ってもらいながら部屋着に着替える。

……ドレスの締め付けから解放されて、ホッと息を吐いた。

その間もテキパキと動くアリシアを眺めながら、私はカウチに深く腰をかける。

「ルクセリア様、お待たせ致しました」

「ありがとう、アリシア」

行儀は悪いが、そのままカウチでお茶をいただいた。

「それでは、ルクセリア様。御前《ごぜん》、失礼致します」

そのタイミングで、フリージアは静かに部屋を去って行った。

「……アリシア。貴女の淹れるお茶は、本当に美味《おい》しいわ」

「お褒めにあずかり、恐縮です。……昔から、お茶を淹れるのは得意なんです。実家で初めて習った時にも筋が良いと褒めていただいたので、相性が良いのかなって」

「そう……」

実家で『初めて』習った……か。仕方ないと分かっていても、その言葉に苦い思いが込み上げる。

彼女が塔の記憶を一切失ってしまったという事実を、改めて突きつけられた気がして。

「私は、幸せね。貴女のお茶を、飲めるのだから」

『また』という言葉をお茶と共に飲み込んだ。

「……どうかしましたか？」

私の様子がおかしいと思ったのか、彼女は心配げな表情を浮かべている。

……ダメ、ね。本当にダメだわ。

彼女を見ていると、妙にセンチメンタルになる。

過去に捨てた筈の心が、少しだけ舞い戻って来てしまうのかもしれない。

私はそっと首を横に振りつつ、頭を切り替えた。

「……何でもないわ。少し、疲れていたみたい」

「失礼しました。……そうであれば尚のこと、早く休まれた方が良いでしょう」

「ええ、そうね。おやすみなさい、アリシア」

アリシアが去った後、ゆっくりと立ち上がってその場で体を伸ばした。

……やっぱり一日中椅子に座っていると、体が凝り固まるな。

ストンと息を吐くと同時に、体の力を抜いた。

ふとその瞬間、目眩《めまい》が私の体を襲う。

気力を振り絞って、何とか音を立てずにその場に倒れ込んだ。

危なかった……。

音を立てて倒れでもしたら、部屋の外に控えている護衛騎士たちが入って来て、倒れたことが露見するところだった。

「……っ！」

ああ……そういえば、今日は魔法を使っていたか。

相変わらず、この体はポンコツみたいだ。

成人するまで魔法を封印していたけれども、それでは救いにならない程に私の体は壊れていたらしい。

結局、今尚魔法を使う度にこうして体が悲鳴をあげる。

まだ、ダメ。……まだ、知られてはならない。

やっと動き出したところなのだ……国の改革も、私の復讐《ふくしゅう》劇も。

それなのに、私の体がこんな酷い状態なのだと露見してしまえば……全てが水の泡だ。

だからまだ、誰にも知られてはならない。

そんな焦燥感にも似た思いを吐き出すように、大きく息を吐いて吸う。

何度かそれを繰り返し、段々と視界がクリアになってきた。

そうして震えて使い物にならなかった体が動かせるようになってから、私はゴロンとその場で仰向けになった。
……ボウッと揺らめく灯りを見ながら、私は笑う。
女王である私が、部屋に独りで床に転がっているこの状況が、何だかおかしくって。
「……一体、私の体はあとどれだけ保《も》つのかしら」
小さく呟《つぶや》いた問いかけに、当然返事はない。
むしろこの場に誰かがいたとしても、誰も答えることのできない類の問いだ。
私はもう一度深く息を吸って吐くと、今度こそベッドに横たわって眠りについた。

第一章　そして女王は、働く

「ふう……」

会議から解放されて、思わず溜息《ためいき》を吐《つ》く。

今日も朝から会議の連続で、夕方になってやっと執務室に腰を落ち着けることができた。

ギルバートが無駄な会議を極力減らしてもこれなのだから、彼がいなかったらどうなっていたことやら。

「お疲れ様です、陛下。少し休憩なされますか？」

ブライアンの問いに、私は首を横に振った。

若手官僚だった彼も、今ではすっかりギルバートの右腕として働いてくれている。

「構わぬ。それで、其方はどのような報告を？」

「はい。本日、リストアップしていたラダフォード侯爵領の領官たちの解雇が完了しましたのでその報告に参りました」

「ああ……今日か。暴動は起きていないか？」

「解雇を宣言した際に一悶着《ひともんちやく》あったそうですが……今のところ、想定の範囲内です」

「そうか。それは重畳《ちようじよう》。……それにしても、ラダフォード侯爵領ですら、領官の五分の二が何らかの不祥事に手を染めているとは……な」

「何度見ても、衝撃的な数字ですよね」

「うむ。……果たして他領はどのようなことになっているのやら……」

「領官は、特に領主である侯爵家に連なる家出身の者が多いですから。その……残念ながら、腐敗の温床となり易いのは事実かと」

……残念ながら、ブライアンの言葉は事実だ。

王都を中心とした王家直轄領を囲むようにして、五大侯爵家の領地がある。

王都から見て北にラダフォード侯爵領。東にスレイド侯爵領。

そして南にベックフォード侯爵領とウェストン侯爵領。

そして西に、オルコット侯爵領。

各領地は、実質五大侯爵家の独裁政権。

侯爵家と血の近い者たちが領政の実権を握り、結果、侯爵家の血筋に連なる者たちだけが優遇されるようになってしまっていた。

『侯爵家の血以外は、人ではない』……そんな皮肉を込めた街の流言がある程。

「まあ、そうだな。己の権限を勘違いする者が出てきても、仕方がないか」

ブライアンは返事こそしなかったものの、その瞳《ひとみ》にはありありと不満が宿っていた。

「……とは言え、報告書を見た時には我が目を疑いました。澱《よど》みは一箇所に留まらず、こうも拡がるものかと」

「ああ……不祥事に手を染めていない者ですら、中々酷かったな。……出勤して一番に書類を枕に眠り、昼には知人への手紙を書き連ね、夜には執務室で遊戯に興じた者もいたとか」

「勿論《もちろん》、給料泥棒という点で、不祥事に手を染めていることと同義ですので、今回解雇しています。そういった者たちを含めて五分の三の領官が解雇となりました」

「通常業務への影響は……」

「領都から王宮へ業務の集中を進めてきましたから……今のところ、全く問題はございません。何かございましたら、報告致します」

「うむ、任せた」

「……あの、陛下」

ブライアンは少し遠慮がちに口を開いた。

「何か？」

「何故《なぜ》、以前のボイコット事件の際、ラダフォード侯爵家系の官僚たちを咎《とが》めなかったのでしょうか？」

「ふふふ……あぁ、そうか。彼らにも厳しい処罰を与えるべきであったと、そう言いたいのか」

「ええ、まあ」

淡々と肯定する姿は、彼の上司であるギルバートの姿を思い起こさせる。

……中々、厳しくしごかれているようだ。

「確かにあやつらを許したことは、余にとってマイナスであったな。おかげで、余は王宮内で未《いま》だもありますに侮られている」

「正直……陛下の仰《おっしゃ》る通りです。加えて今回の厳罰を思えば、公平性に欠けると批判される可能性もあります」

「最初は、余もあやつらに厳しい処罰を与えようとした。……だが、思い直した。あのボイコットの原因は、謂《いわ》れのない中傷。それでボイコットを理由に処罰をすれば、静観していた無所属派の官僚たちから失望されるであろうな……と」

無所属派とは、五大侯爵家と縁もゆかりもない家出身の官僚たちのことだ。

私の味方でもないが、五大侯爵家に傾いている訳でもない。

五大侯爵家系の官僚たちが幅をきかせている宮中において、無所属派の官僚にまでそっぽを向かれてしまえば、私の周りは敵だらけ。

……そんな状態じゃ、進められる施策も進められなくなる。

「……それに、あやつらには後がない。故に、救い拾えば良い駒になると思った」

そう言ってクスリと笑いを漏らせば、ブライアンは居住まいを正した。

「さて、満足のいく答えであったか？」

「は……はい。ご回答いただきまして、有り難うございました」

ブライアンは頭を下げると、部屋を出て行った。

そして彼と入れ違いに、ギルバートが部屋に入って来た。

「今度は其方《そなた》か。……どのような報告か？」

「農作物の収穫量に関する件です」

以前、財務省と総務省が十年以上放っていたと、会議の場で私が問題に挙げていた件だ。

「各領地から挙がった報告を監査する体制を整えるよう、指示を出しておいた筈だが？」

五大侯爵家は立場上こそ王家に付き従う家だが、現実には寧《むし》ろ敵だ。

長年かけて王家の力を削ぎ、自身の領地でまるで王が如く振る舞い……そして遂には前王を手にかけた。

そんな彼らの領地が出す数字を鵜呑《うの》みにできる訳がない。

そこで提案したのが、監査の導入。

元の世界では、監査委員による地方自治体等の監査があった。

地方自治体の活動の範囲が拡張するに従い、その行政事務が公平であることを調査するために創設されたそれ。

「ええ、そうです。それで出来上がったのがコレなんですけど……」

出された資料を見て、すぐに私はそれを机の上に投げ捨てた。

「ありえぬな」

「そうでしょうね」

「……監査の体制やその方法までは良い。だが、これは何だ？　最後の一文。『但し、財務省長が必要と認め、承認した場合に限る』だと？　これでは、空手形も良いところではないか」

財務省長が五大侯爵家系の出身であれば？　それも、五大侯爵家の意を汲《く》む者だったら？

そもそも監査なんて、認めないだろう。

そうなれば、今までと全く同じ。

王宮は各領地が報告した数字を鵜呑みにせざるを得ず、結局彼らはやりたい放題。

「確実に、それを狙ってのことでしょうね。態々《わざわざ》この一文を入れ込んだのですから」

「余は、認めぬ。ギルバート、この一文は完全な削除を。仮に承認制にするのだとしても、財務省がその権限を持つべきではない。監査をする者たちが決めるべきことだ」

「仰る通りです。……ルクセリア様の言う通り、この一文を削除するよう指示を出します」

「其方ならば問題ないであろうが……奴らは、あの手この手で譲歩を引き出そうとするであろうな」

言葉は、曖昧《あいまい》だ。単語一つ、文のどこに入れるかで解釈は変わる。

例えば、『私は何度も資料を提出する彼を見た』と『私は、彼が何度も資料を提出するのを見た』だと、若干異なるニュアンスに取れる。

前者は『資料を提出する彼』を何度も見ていて、後者は『何度も資料を提出する彼』をたった一度見かけたのか、はたまた何度見たのかが分からない。

そう言った言葉の性質を利用して、彼らは自分たちの良いように解釈ができる余地を残すということがままある。

……自分たちの属する侯爵家が、有利になるように。

「老獪《ろうかい》な彼らの相手は骨が折れますが……まあ、何とかしましょう」

「頼んだぞ。……にしても、面倒だな。早く五大侯爵家の息がかかったものたちを排除せねば、と

ても じゃないが目が離せない」

私が信頼できるのは、目の前にいるギルバートとトミー。

それから、ブライアンを始めとするギルバートの部下たち。

だけどギルバートの部下たちは、まだ五大侯爵家の息がかかった者たちと渡り合えるほどの地位も経験もない。

それ故に、私かギルバートしか彼らを押さえることができないのだ。

お陰で終始、気が抜けない。

「……本来ならば、反対勢力は歓迎すべきことなのですが」

「ああ、そうだな。余に従順なだけでは、余が誤った時にそれを正せない。故に、本来であれば反対勢力は歓迎すべきこと……だが、これは違う。奴らは国を思ってのことではなく、自身の連なる侯爵家だけの繁栄を願ってのことだ。……王として到底受け入れられるものではない」

「ええ、そうですね」

「……骨が折れる仕事だが、よろしく頼む」

「畏《かしこ》まりました。お任せください」

ギルバートが去った後、私は椅子に深く座った。

……さて、やっと本当に時間が空いた。

とは言え、もう完全に陽《ひ》が沈んでいる。

だというのに、目の前には未だ処理が終わっていない書類の山。

これ、今日中に終わるのかしら？

そんなことを思いつつ、山の一番上から紙を手に取った。

無理せず、明日に回すか……というのができないのは、前世で取った杵柄《きねづか》か。

つい、納期だとかをすぐに思い浮かべてしまう。

溜息を吐きつつ、手を動かし始めた。

案外こういうのは、何も考えず愚直に一枚ずつ進める方が早く終わる。

そうして、山の五分の一が終わりそうになったところだった。

扉が遠慮がちにノックされ、外で待機していたフリージアと共に男が一人入ってきた。

「久しいな……『侯爵』」

その男に向かって、にこりと微笑《ほほえ》んだ。

『侯爵』……彼は五大侯爵家の当主の一人にして、唯一私の人形姫の仮面の下を知っていた人物。

「ご無沙汰《ぶさた》しております」

その男が頭を下げたと同時に、私は口を開く。

『侯爵以外の者たちは、私と侯爵の会話を何も聞くな。彼が来たこと以外の全てを忘れよ』

そうして魔法で、部屋の内外にいる人たちに指示を出した。

生まれた時から当たり前のように使っていた、私の魔法……『心域《しんいき》』。

……それは、他人の心の声を聞き、そして他人を意のままに操る魔法。

今も、私の声を聞いた人たちは全員、魔法にかかって全てを忘れてくれていることだろう。

「それで？　多忙な其方が、何故やって来た？」

暗に、私と違って忙しいんだろうから、さっさと要件を言えという催促。

その意味が分かっていない訳ではないだろうに、彼は無表情のままその場に佇《たたず》む。

「……世間話を、と思いまして」

彼の言葉に、思わず噴き出した。

「其方が、世間話？　どうやら、随分と面白いことが起きているのだな」

「ええ。例えば、王都で評判の見せ物小屋とか」

ピクリと、僅《わず》かに反応してしまった。

ああ、こんなにも簡単に相手に心の内を出してしまうなんて、ダメね。

「流石《さすが》ですね。やはり、既にあの見せ物小屋に目をつけておられましたか」

「茶番は良い。それで、其方は何を知っている？」

「……恐ろしいことに、あの見せ物小屋が滞在した街では、必ず子どもが失踪《しっそう》する事件が発生しているのだとか」

サラリと言った彼の言葉に、私は一瞬眉《まゆ》を顰《ひそ》める。

「……其方、知っていたな？」

過程をすっ飛ばした質問に、けれども『侯爵』には意図が伝わったようで、笑っていた。

その笑みだけで、十分だった。

それだけで、私も彼が伝えたいことが理解できたから。

「念の為確認するが、其方は関与しておらぬな？」

「はて、何のことでしょうか。少なくとも、私は自領のことを一番に考えていますよ。……まあ、人形姫であった陛下にお伝えしても仕方がないと、胸に留めていましたが……他領とはいえ、民のことを思えば心苦しいものでした」

しれっと答える彼の言葉と反応が、憎々しい。

彼の言葉そのものに嘘はないからこそ、余計に。

「ほう……随分と、心優しい言葉だな。……そういえば、ベックフォード侯爵は、随分と入れ上げている女性がいるのだとか」

「ああ……そうですね。確かに、彼女は美しい。咲く場所さえ間違えなければ、素直にそう思えるのでしょうが」

「これは痛烈な批判だ。……彼女に、社交界は似合わぬと？」

「存在自体が、貴族社会の秩序を乱す。それなのに、愛《め》でることができる者の方がどうかしていると思いませんか？」

「ふふふ……そうだな。所詮《しょせん》、貴族の青き血は流れぬ者よと女たちは眉を顰め、己を律さぬベックフォード侯爵に男どもは失笑する。五大侯爵の名を貶《おとし》めるには、十分だな」

「……それでも五大侯爵として大きな顔ができることこそ、本来はおかしいのですが。陛下にはより規律を引き締めていただきたいものです」

暗に、宮中の私の力が弱いと痛烈な言葉を投げかけてきた。

全く……容赦がない。

「……そういえば、その女性は随分と豪奢《ごうしゃ》な装飾品を身につけているのだとか。失踪事件が起きる度に、装飾品は増えていくのではないか？」

「さあ……女性の装飾品は、無骨な私には難解ですから。ただ、あれ程の装飾品をよくも惜しげなく買い集めることができるなとは感心していますよ。私には、そこまでの甲斐性《かいしょう》はないので」

「……そうか。随分と、面白い話だな」

「いえいえ、陛下のお耳汚しにならなければ良いのですが。……それでは、私はこの辺で」

「うむ」

『侯爵』は、部屋を去って行った。

彼の背を見送った後、私もまた私室に戻る。

そして、机上の遊技盤を弄《いじ》りだした。

……抜け目のない、男。

『侯爵』を思い浮かべながら、灰色の駒を指で弾いて倒す。

五大侯爵家の中でも一番実直ながら、流石そこは侯爵家当主。

どっぷりと頭の先まで権謀術数に浸かっているようだ。

……『侯爵』は、知っていた。

おそらく、かなり前から。

それこそ、私が即位する前から、子どもたちは攫《さら》われていたのだろう。

そして『侯爵』がそれを知っていたのは、恐らくベックフォード侯爵自身が他の侯爵家に手の内を明かしたからだ。

明かして、仲間に引き込もうとしたのだろう。

さしずめ、『赤信号、皆で渡れば怖くない』と。

でなければ、ベックフォード侯爵と同格とはいえ、『侯爵』がそこまでエトワールの件を知る機会はなかった筈《はず》。

「本当に、抜け目のない男」

もう一度、私は呟《つぶや》く。

『侯爵』は、エトワールの件に自分が関与していることを否定すると同時に、情報を売ることで私に恩を売った。

本当に抜け目がない。

……彼の立場上、そうせざるを得ないというのもあるだろうが。

あの男は、非常に難しい立場にいる。

かつて彼は私への忠誠を、誓った。

それは多分、彼が私の憎悪を垣間見たから。

その憎悪の矛先を五大侯爵家に向けている私が、莫大《ばくだい》な魔力を持ち、五本の宝剣全てを召喚できてしまう。

……その事実は、彼からしたら恐怖でしかなかっただろう。

歴代王でも、魔力が足りず、召喚できた宝剣は一、二本だった。

全ての宝剣を召喚できる場合、その気になれば一つや二つの領地を更地にすることも可能なのだ。

つまり彼の目の前には、解体不能な爆弾があるのと同じ。

爆発が自分の家に向けられないように、服従する道を選んだのだ。

一方で、彼は王家への忠誠を表立って示すこともできなかった。

何故《なぜ》なら私が、人形姫だったから。

宮中に全く影響力がなかった私は、魔力回路が壊れ、大人になるまで魔力の使用を封じると同時に毒にも薬にもならない姫を演じるしかなかった。

そうして、膿《うみ》を全て吐き出させようという狙いもあったけど。

……それはともかく、人形姫だった私を、彼が表立って擁護する訳にはいかなかった。

擁護するということは、他の五大侯爵家に敵対するのと同じ。

そして人形姫だった当時、彼が私を擁護したせいで他の五大侯爵家に攻撃されたとしても、私は助けることができなかっただろう。

それを彼も理解していたからこそ、彼は私と五大侯爵家の間でバランスよく立ち回っていたのだ。

一族と、領地に住む民を守るために。

そこまで考えて、私は笑った。

「もっと……私を楽しませてね」

彼は、これからどう立ち回るのだろうか。

既に、私は人形姫の仮面を剥《は》いだ。

復讐《ふくしゅう》劇の幕は、開かれた。

その上で、彼が今後どう動くのか……それが、楽しみだった。


「ふう……」

手元にある資料を全て読み終えたところで、一息吐《つ》く。

その日も、一日中机に齧《かじ》り付いて仕事をしていた。

仕事の合間に読んでいたのが、今しがた読み終えた資料……国内の魔力持ちの処遇に関する報告書とセルデン共和国に放った密偵からの報告書だ。

……思った以上に内容が酷過ぎて、気分が重い。

まず、国内の魔力持ちの境遇。

……かつてアリシアに聞いた話は、まだまだ可愛《かわい》いものだった。

都市部では魔力持ちとそうでない者の間に殆《ほとん》ど軋轢《あつれき》がないものの……少しでも都市部から外れると、状況がガラリと変わる。

親が魔力持ちの子を拒絶したり、魔力持ちの子がいる家が一家丸ごと村八分されたりするところすらある……と。

けれどもそれ以上に状況が酷いのが、セルデン共和国だ。

あの国が魔法を否定する国だということは、知識として持っていた。

持っていたけれども……まさか、こうも魔力持ちが迫害されているとは。

まず国の法律上ですら、魔力持ちは一切の権利がない。

そしてその上で、魔力持ちに対する偏見や悪意が向けられる。

魔力持ちとして生まれたら、拒絶どころか、すぐにでも亡き者にされそうになるのだとか。

それもこれも、魔法が邪悪な力だとの意識が深く浸透しているせいだろう。

まるで前世の魔女狩りのように過酷で、凄惨《せいさん》な状況。

歴史上、多くの魔力持ちはセルデン共和国という国に殺された。

それでもセルデン共和国に今尚魔力持ちがいるのは、稀《まれ》に魔力持ちではない両親の間にも魔力持ちが生まれるせい。

だからこそ、セルデン共和国とそこに住む人々の意識が変わらない限り……いつまでも、魔力持ちの被害はなくならない。

……再び、溜息《ためいき》を吐く。

……駄目だ。

気分が滅入り過ぎて、息と共にそのモヤモヤとした思いを外に出すことができない。

私は立ち上がると、気分転換にと城内の図書室を訪れた。

図書室内には、天井まで聳《そび》え立《た》つ本棚に所狭しと本が並べられている。

全体的に薄暗い室内で、窓から差し込む夕陽の光がとても輝いていた。

私はそっと、本棚から建国記を手に取る。

「……ルクセリア様。こちらにいらっしゃいましたか」

ふと、静かなそこに女性の声が響いた。

「ああ、フリージア。すまぬな、勝手に移動して。アリシアは？」

「アリシアは、私とは別にルクセリア様を捜していましたが……まだ、お会いになられていませんか？」

「そうか……手間をかけて、すまぬ。まだアリシアには会っていない」

「左様ですか。では、こちらにいらしたとお伝えに……」

「ああ、待て。……アーサーよ」

「はっ」

控えていた護衛騎士の一人に、声をかけた。

護衛騎士は、代々王を守るためだけに存在してきた騎士。

騎士の中でも特に武勇と知力に優れ、忠義に厚い者たち。

まさに、騎士の中の騎士。

私が王位を継いだその時から、つまり人形姫の仮面を投げ捨てたその時から、王たる私の側には常にアーサーとハワード、二人の護衛騎士がいた。

「其方《そなた》、アリシアに余が図書室にいることを伝えてくれぬか？　それと、お茶も淹《い》れるよう伝えてくれ」

「しかし……」

「ここは、城内だぞ？　それに二人の力量であれば、其方らのどちらか一人が側におれば、滅多なことにはならぬ」

二人の騎士の力量は、国軍団長のアーロンが太鼓判を押している。

余程の手練《てだ》れでもない限り、問題なく私を守り切るだろう。

「ルクセリア様。アリシアならば私が……」

アーサーとの会話に、フリージアが遠慮がちに口を挟んだ。

「フリージア。少々、余の話し相手となってくれぬか？」

「……ルクセリア様がそう仰《おつしや》るのであれば、承知致しました」

「では、アーサー。頼んだぞ？　アリシアに伝え次第、戻って来い」

「承知致しました」

アーサーが去った後、改めて私はフリージアに向き直った。

「……フリージア。其方はこれを読んだことはあるか？」

私は手に持つ建国記を持ち上げつつ、問いかける。

「申し訳ございませんが、読んだことはございません。……ただ、国内でも有名な物語ですので、内容は聞いたことがございます」

「そうか……」

それは、とある一人の男が国を興すまでの話。

莫大な魔力を持つ彼は、その魔力を基に宝剣を創り出し、そしてその宝剣を使って人々を魔の手から守った。

次第に人々は彼を慕うようになり、また争いの絶えなかった五つの国は、彼の力を恐れて彼の下についた。

そうしてできたのが、アスカリード連邦王国。

王位に就いた彼を慕う者は、魔力持ちもそうでない者も関係なく手を取り合い仕えた。

王もまた、魔力持ちもそうでない者も等しく自らの民として慈しみ守った。

……そうして、アスカリード連邦王国は栄えていったのだった。

……そんな、内容。

一応初代王の伝記という位置づけだが、お伽話《とぎばなし》のようなものだ。

何せ、主人公である彼に困難が降りかかりこそすれ、後ろ暗いものは一切なし。

『めでたし、めでたし』で全てが包まれる、そんなストーリーだ。

「……その本が、どうかなさったのですか？」

「理想郷をこの目で見たくて……な」

先程読んだ報告書を思えば、この物語は……魔力持ちにとって正に理想そのものだろう。

セルデン共和国にとっても、今のこの国にとっても。

「はあ……？」

唐突な言葉に、フリージアは首を傾《かし》げていた。

……私の前で彼女がこうも表情を変えることは、珍しい。

「独り言だ。……それより、フリージア。其方は魔力を持って生まれ、そのことで何か不自由はなかったか？」

「魔力を持って生まれたことに、ですか？　さあ……私は特に感じたことはありませんね。むしろ、便利な力を持てて幸運だなと」

「其方の周りには、同じく魔力持ちがいたのか？」

「え、ええ。父が、そうでした」

「なるほど……では、其方は？　ハワード」

脇で控えていた、護衛騎士のハワードに話を振る。

「自分は田舎生まれで、魔力持ちも周りにいなかったので……何かと面倒なことはありました。けれども……まあ、この魔力のおかげで護衛騎士になるチャンスを与えられたので、総じて幸運だったと思います」

「そうか……」

「あの、ルクセリア様。何かございましたか？」

フリージアの問いに、私は首を左右に振った。

「この国の魔力持ちの扱いが気になって、調べさせていたんだ。その結果が……残念なことに、理想に程遠くて、な。それで、まずは手近な者たちに実体験を聞いてみようと思った」

「ああ、そういうことですか」

「……恐縮ですが、私はその調査結果に同意します。魔力持ちが集まり易い都市部ならともかく、魔力持ちが少ない田舎ですと、どうしてもその……周りの目は厳しくなる傾向にあるかと」

「……王が、魔力の塊である宝剣を使うのに……か？」

私の問いかけに、ハワードは首を横に振る。

「感情と理性は、別物なのです。魔力を持たない者からすれば、魔力持ちは常に剣を持っているのと同じ。いつその刃が自らに降りかかってくるか分からないと、恐れても仕方のないことかと」

彼の言葉は、理解できた。

かつてアリシアも魔力が目覚めた時に周りの人間を傷つけたと言っていたし、何よりこの身でその経験をしている。

その可能性を前にして、魔力を持たない人たちに魔力持ちを怖がるなという方が、無理があるか。

「……そうか」

「ですが、この国は他国よりも魔力持ちに対して理解がある国ですよ。私の祖母は他国で生まれましたが、魔力を持っていたために自国では居場所がなくなり、逃げるようにこの国に来たと申しておりました」

「ほう……其方の身内に、そのような話があったのか」

「はい。……祖母は、繰り返し申しておりました。魔力を持っていても、人として生きていけるこの国はとても素晴らしいと」

「人として、か……」

フリージアの言葉をつい、復唱しまった。

実体験からくるそれでも、まさかそんな言葉を聞くとは。

「其方のお祖母《ばあ》様は、さぞ苦労をされたのであろう」

魔力の塊である宝剣を持つ者を王に戴《いただ》くこの国は、昔から『魔法師の最後の砦《とりで》』と言われてきた。

それ故に、セルデン共和国のような国から魔力持ちが安住の地を求めて駆け込んでくる。

……フリージアのお祖母様のように。

けれどもこの国は今、その誇りを忘れつつある。

それは、ハワードの言うように仕方のないことなのかもしれない。

現に、魔力持ちが正しくその力を扱う術《すべ》を学ぶ場がないせいで、魔力暴発の事件が度々起きている。

その上、魔力に対する正しい知識が国民に浸透していないせいで、そういった魔法に関する事件が起きる度に魔力持ち全体が恐れられるようになってしまった。

それらが積み重なって、結果、徐々に魔力持ちが疎まれつつあるのだ。

ただ、他国の状況はアスカリード連邦国のそれよりも酷い。

あいかわらず、表向きは魔力持ちを迫害し続けている。

けれども、裏では密かに魔力持ちを集め始めていた。

……軍事目的で利用するために。

他国が魔力持ちを迫害し続けるのは、その方が都合が良いから。

人々の価値観を変えることは容易じゃないし、むしろ変えない方が、自由に研究することができる。

つまり、だ。

研究所では、おおよそ『人として』生きているとは到底言えないような……尊厳も権利も何もかも踏みにじるような形で研究をしているということ。

……本当に、気分が悪くなる話だ。

「理解できない、な」

思わず、ポツリと呟《つぶや》く。

魔法の有用性を認めているのであれば、魔法使いを優遇すべきだ。

……表向き彼らを排除しながらも、彼らを縛りつけ、利用するだけ利用するからこそ、魔法使いたちは逃げ出す。

ならば、彼らの居場所を作り、彼らが自発的に協力するような体制を作れば良いのに。

「どうかされましたか？　ルクセリア様」

私の呟きに反応して、フリージアが心配げに問いかけてきた。

「……否、何でもない」

否定しつつ、私は考え事に集中する。

今の私には、他国を否定する余裕も考えを変えさせる力もない。

私が考えるべきは、自国のこと。

少なくとも私は魔力持ちを否定するつもりはないし、この国にもそうなって欲しくない。

建国記が描いた理想を理想として、追いかけて欲しい。

……そのために、まずは早急に魔力持ちのために教育機関の設立を進めるべきか。

広く門戸を広げ、幼い頃から魔力を制御する術を覚えさせるために。

「アーサー、ただ今戻りました」

そこまで考えたところで、アーサーが戻って来た。

「ご苦労、アーサー。それで、アリシアは？」

「お茶の準備をしてから、こちらに来るとのことです」

「……それでは、ルクセリア様。私は、これで御前《ごぜん》失礼致します」

「うむ、フリージア。貴重な話を有難う」

丁度そのタイミングで、アリシアがやって来た。

「失礼します！　ルクセリア様、お茶をお持ちしました」

彼女の明るい声に、自然と笑みが浮かんだ。


「……報告に参りましたよ、と」

静かな室内に、トミーの声が響く。

瞬間、誰もいなかったそこに人影が現れた。

「エトワールの件か」

「ええ」

「ならば、余も其方《そなた》に話があった。各地に放った部下たちから、エトワールが滞在した街で子どもたちが失踪《しっそう》したという報告はなかったか？」

「……誰かから、既に聞いていましたか？」

「其方の部下ではないが、世間話の一環でそういった話を聞いた」

私の言葉に、トミーは笑った。

「随分と物騒な世間話があったもんだ」

「……否定はできぬな。それで、そういった報告はあったのか？」

「ええ、ありましたよ。未解決の行方《ゆくえ》不明事件が発生していました」

「……全部で何人だ？」

「三十人です。けれども実際は事件化していないだけで、総数はもっといるかもしれません」

「行方不明者に何か共通することは？」

「五歳から十五歳の子ども。男女問わず、です」

「事件が起きた場所は？」

トミーは言葉で答える代わりに、どんどん国の地図に丸を描き込んでいった。

王都から見て東と南に、どんどんと赤丸が描かれていく。

「今判明しているのはベックフォード侯爵領とウェストン侯爵領。特にウェストン侯爵領で多発しています」

「オルコット侯爵領は？」

「出ていません。そもそもエトワールがオルコット侯爵領に、赴いていないということもありますが」

トミーの言葉に、溜息《ためいき》を吐《つ》いた。

……ああ、最悪だ。

どうやら本当に、赤信号を皆で渡っているようだ。

私は自身の内から湧き出る怒りを吐き出すように、笑った。

怒りも度が過ぎると、笑いになるらしい。

「何だか、過去最高の圧を感じるんですけど。……何か、分かったんですか？」

「ああ。五大侯爵家がどれだけ有害な存在かを、改めて理解したところだ」

トミーは、先を促すように私に視線を向けている。

「どうやら、ベックフォード侯爵家はエトワールを受け入れてくれるお友達を探していたようだ」

「へえ……楽しみをお仲間と分かち合うだなんて、結構なことじゃないですか。……ちなみに、お友達ってことは、勿論《もちろん》その間に上下関係はないですよね」

どうやらトミーは、私の真意に気がついてくれたようだ。

……ベックフォード侯爵家が、自身と同格の家である五大侯爵家にエトワールの受け入れを求めていたということを。

つまり、子どもたちを攫《さら》うために各領地の領主が共謀した可能性があるということを。

「友達とは、そういうものではないか?」

私の答えに確証を得たようで、トミーは楽しそうに笑った。

「……ありがとうございます。ほんっとうに、五大侯爵家の存在は害悪でしかないですね。ルクセリア様が溜息を吐いた気持ちが、よく分かりました」

「……だが、彼らは何故《なぜ》子供たちを攫うのか、子どもたちの何に対して価値を見出しているのかは未《いま》だ不明だな」

「ついでに、子どもたちをどこにやっているのかも……ですね」

「そうだな……」

暗澹《あんたん》とした気持ちで、地図と向き合う。

こんなになるまでこの一連の事件に気がつかなかったとは……私の力はまだまだだ。

こんなんじゃ、魔法学園の設立なんて夢のまた夢……とまで考えたところで、ふと、図書室での一幕が思い出された。

「……行方不明となった子どもたちは、魔力持ちではないか?」

「魔力持ち、ですか?」

「うむ。嫌な言い方だが……魔力持ちは、様々な使い道がある故、各国も秘密裏に集めていると聞く」

「……そうかもしれません。現地を調べさせている部下たちにも、その点確認するように伝えておきます」

「其方の魔法は、このような時に便利だな」

彼の魔法は、『振動』。とても汎用性《はんよう》が高く、電話のように声を飛ばすことや、逆に物音を消したり、物質を破壊することもできる。

「まあ、流石《さすが》に遠くに離れていると『移動』魔法ができる奴と共同でないと、言葉を届けられないんですけどねー」

「『移動』魔法の使い手は、ダドリーという者だったか？」

「ええ、そうです」

「『移動』魔法は遠くまで移動させられる代わりに、小さな物しか移動させられないと聞く。ダドリーとトミー、二人の特性を活かした、良い技と思うぞ？」

「そんな褒めても何も出ませんよ？　俺的には、ここ最近一番にこの力が役立つと思ったのは、アリシアが魔力暴走を起こした時ですよ。庭師として、彼女が割った地面を直すのに丁度良いんですよね。それ以外は、最近あまり使ってないですし」

彼は、二つの顔を持っている。

表向きは庭師としての顔。

そしてその裏にあるのが、隠密としてのそれだ。

アリシアと戯《じゃ》れあっている庭師の彼を見ていると微笑《ほほえ》ましいが……同時に違和感を感じる程、雰囲気が違う。

軽口を叩《たた》くことだけは、どちらの顔でも変わらないが。

「其方の力量があってこその言葉だな。……ところで、トミー。其方は引き続きベックフォード侯爵家を調べるのか？」

「はい。まだ、何か出てくるかもしれませんから」

「そうか。ならば、ウェストン侯爵家とスレイド侯爵家との繋《つな》がりも調べてくれ。先程のお友達云々《うんぬん》の話には、証拠がない故……まだ、憶測の域を出ていない」

「承知致しました」

そしてトミーは、音もなく部屋を出て行った。

それが隠密として培ってきた技なのか、それとも魔法で消しているのか私には分からない。

ただ、彼が煙のように消えて行ったことだけは確かだった。

第二章　そして女王の筋書は、動き始める

「どうか、お考え直しください！　民を取引の材料にするなど、あってはならないことです！」

青年の叫びが、室内に響く。

彼の名前は、オスカー・ウェストン。ウェストン侯爵家の嫡男だ。

けれども、部屋の主でありオスカーの父でもあるレイフ・ウェストンは眉間《みけん》に皺《しわ》を寄せるばかりだった。

「……また、その話か。そのような些事《さじ》、気にせんでも良い」

「些事？　これが些事と、仰《おつしや》るのですか⁉」

「逆に聞くが、それ以外に何と表す？　領民たちは、我が家の所有物。それをどうするか好きにするのは、所有者の権利ではないか」

「彼らは、物ではない」

「まだそのような世迷言を言うか。民は、家畜と同じ。それも、放っておけば勝手に増えていくのだ……そう気にすることもなかろう」

オスカーは、レイフの言葉に唇を噛《か》み締《し》めていた。その瞳《ひとみ》は怒りで真っ赤に染まっているかのようだ。

「……っ！　民を家畜と言う口で、貴方《あなた》は王になりたいと言うのか」

　オスカーの睨《にら》みに、レイフは冷笑した。

「何か、間違いでも？　国とは、王の持ち物」

「違う！　王とは、民を守り導く存在である筈《はず》です。貴方は、王になれない。私が民であったなら、貴方が治める国になど絶対住みたくない」

「何を生意気なことを！」

　ドカリ、鈍い音がした。レイフの拳《こぶし》が、オスカーの頬を打ち抜いたのだ。

「既に私は実質、この地を治める王だ。……何度も言い聞かせた筈だぞ。我《われ》らウェストン侯爵家は、王族の末裔《まつえい》であると。今、侯爵という地位に在るのは、憎きアスカリード一族に王としての地位を、権威を、奪い取られたのだ！　私は、それを取り戻そうとしているだけ。あと、少しなのだ！　あと少しで、あの目障りなアスカリードの小娘を廃し、取り戻せるのだ！」

　レイフの叫びに、オスカーは溜息を吐く。

「……失礼します」

　そして、諦《あきら》めたように部屋を出て行ったのだった。

　部屋を出て、オスカーは身の内に燃えるような怒りの炎を露わに、廊下を歩く。

　そんな彼に不幸にも廊下で遭遇してしまった使用人たちは、恐ろしそうに隅に寄っていた。

　彼はそのまま歩き続け、自室の扉を乱暴に開ける。

「おかえりなさいませ、オスカー様。ご当主様との話し合いはいかが……って、オスカー様⁉　一体その類、どうされたのですか！」

部屋で彼を迎え入れたのは、彼の側近であるサム。

オスカーの乳兄弟であり、彼にとって家族の一員とも言える存在だ。

「案ずるな。父上に殴られただけだ」

「だけって……何故、そのようなことに？　ああ、今はそれどころではないですね」

サムはそう呟《つぶや》くと、オスカーの手当てを始めた。

「……父上は、もう駄目だ。人の上に立つ者として、越えてはならない線を越えてしまった……」

「オスカー様……」

侯爵家にとって、当主は絶対的な存在。

嫡男とは言え、当主に逆らうことは許されない。

ウェストン侯爵家に仕える身であるサムは、本来であれば当主に逆らった自らの主人を窘《たしな》めるべきだ。

けれども、サムの瞳に浮かぶのはオスカーを案じる思いだけだった。

それだけ、サムにとってオスカーが絶対的な存在だということに他ならない。

「いや、今に始まった話ではないか……ヴィルヘルムが言っていたように、もっと前から五大侯爵家は腐敗しきっていたのだろうな」

オスカーはサムの手当てを受けながら、力なく呟く。

「……オスカー様は、ヴィルヘルム様とご親交があったのですか？」

「ああ、サムには話してなかったか。……少し長話になるだろうから、お前も座れ」

オスカーは、自身の前の椅子を指差した。

丁度オスカーの手当ても終わったところだったため、言われた通りに席に着く。

「ホラ、昔からお前や護衛を撒《ま》いて度々出かけていただろう？　その時に会っていたのは、ヴィルヘルムだったんだ」

「まさか、ヴィルヘルム様とお会いになっていたとは……てっきり、どこぞの女性とお会いになっていたのかと」

「十歳そこらでか？　相当ませている餓鬼だな。……ああ、そうか。その頃、お前はまだ正式な侍従ではなかったか」

「ええ。丁度その頃は一旦《いったん》オスカー様のお側を離れ、侍従となるべく訓練を積んでいた頃ですね」

「そうか……そうだったな。それで、俺が初めて王都に来た時も、お前は領都にいたのか」

「ええ。……どこでお知り合いになったのですか？　十歳ですと、まだ正式な茶会には参加されていなかったですよね？」

「……最初は偶然だったよ。あの頃俺は初めて来た王都に興奮して、護衛を撒いて勝手に街に出たんだ。ちょっとした冒険のつもりでな。……とは言え、俺は箱入り息子も良いところ。街歩きをしてすぐに、ちょっとしたトラブルを起こしたんだ」

「トラブル、ですか？」

「ああ……まあ、平たく言えば食い逃げをしでかしそうになったんだ」

「く、食い逃げですか？　オスカー様が⁉」

普通なら侯爵家の嫡男とは縁がないであろう罪状に、サムは驚いたように目を丸くしていた。

「そう。旨《うま》そうな匂いにつられて露店の串焼《くしや》きを食べたんだが、金を払わなければならないことを知らなくて……な。食べて立ち去ろうとしたところで、店主に咎《とが》められたんだ」

「……」

オスカーの昔話に、サムは何とも言えない表情を浮かべていた。

その表情を見て、小さくオスカーは笑う。

「しかも、その後が傑作だぞ？　怒った店主に対して理不尽にも俺は怒鳴り返したんだ。『俺は貴族だぞ！』ってな。……まあ、手元に金がないだけで、『貴族だから後で払える』って言いたかったんだが……言葉選びが最悪だよな。相手を威圧して、払う気がないと言っているようなもんだ」

サムは、遠慮がちに同意を示すように頷《うなず》いた。

「当然、その場の空気も最悪。で、その時にヴィルヘルムが現れたんだ。『ごっこ遊びはそのぐらいにして、ちゃんと払うもんは払わなきゃ駄目だろ。……店主さん、申し訳なかった』……そう言って、ヴィルヘルムは店主に金を払ったんだ」

「……随分と機転が利きますね。それに侯爵家の方ながら、随分と街に馴染《なじ》んでいたようで」

「後で知ったんだが、あいつは俺よりも前から脱走の常習犯だったらしい。で、その度に街歩きをしていたんだと」

「ははあ……なるほど」

「それがキッカケで一緒に街歩きをするようになって……仲良くなった、という訳だ。王都に来れば必ず会っていたし、手紙のやり取りも結構していたな」

「それだけ親しくされていたのであれば、婚礼式の件はさぞお辛かったでしょう」

気遣うような眼差しを向けるサムに、オスカーは首を横に振る。

「いいや……あいつは、ああなることを覚悟していた」

「なっ！　一体どういうことですか⁉」

「知ってしまったんだよ。彼女の両親が、五大侯爵家によって殺されたことを。そして、自身の家が……ラダフォード侯爵家が、婚礼後には彼女をも殺そうと目論《もくろ》んでいたことを。そして彼女が、それらの事実を掴《つか》んでいたことを」

「ちょ、ちょっと待ってください」

耳に入ってきた情報があまりにも衝撃的過ぎて、サムは痛む頭に手を置いた。

「ご、五大侯爵家の方々が、ぜ、前王陛下と前王妃殿下を殺した……と？　それは確かなことなのですか？」

「ああ。ラダフォード侯爵家で密書を見つけたんだ。実行犯を差し向けたのは、スレイド侯爵家。殺害場所にお二人を誘《おび》き寄せたのは、ラダフォード侯爵家らしい」

「そ、そんな……」

「ちなみに、我が家は当日の警備を緩める役を担っていたらしいぞ。……我が家も、国家反逆罪が適用されるって訳だ」

あまりのことに、最早《もはや》オスカーからは言葉が出なかった。

「……私にそのようなことを漏らして良かったのですか？」

「サムは俺にとって、唯一の家族だしな」

迷いもなく言い切ったオスカーに、サムは溜息《ためいき》を吐《つ》く。

「……光栄です」

サムの言葉は本心だった。

けれどもこんな重い事実を背負うとなれば、流石《さすが》に主人に信頼されている喜びよりも恐れの方が大きくなる。

……頭痛の次は胃痛か、と言わんばかりにサムは腹に手を当てていた。

「話を戻すが……事実を知ったヴィルヘルムは、彼女の助けになるよう動いていた。一つは、婚礼式の阻止」

「まさか、ヴィルヘルム様が浮名を流したのは……」

一時期、ヴィルヘルムの評判は最悪だった。

次期女王の婚約者でありながら、別の女性と噂になったのだから当然だ。

てっきりそれは、ヴィルヘルムがルクセリアを疎んでいるからこその行動だとオスカーは思っていた。

「ああ、そのためだったんだ。ラダフォード侯爵家一族の説得が難しいと悟った時、次善の策としてヴィルヘルムは自分の評判を落とすよう振る舞い始めた。そうして、他の五大侯爵がそれを攻撃材料にして婚約式を阻止してくれれば良いと」

「そして婚約が破談となれば、ラダフォード侯爵家の企み……ルクセリア様の殺害を阻止できると考えた。そういうことですか？」

「ああ、そうだよ」

「ヴィルヘルム様とバーバラのスキャンダルには、そんな背景があったとは……」

「それと同時に、ヴィルヘルムは影ながらルクセリア様を支援していた。……彼女が計画していた、ラダフォード侯爵家の断罪と侯爵領の領政の改革が早々に軌道に乗るように、密かに状況を整えていったんだ」

「あれだけの改革……ルクセリア様が婚礼式の前から相当準備をしていたとは予想していました。けれどもまさか、ヴィルヘルム様がその準備段階でその事実に気が付き、支援をしていたとは……。ヴィルヘルム様は、一体どれ程大きな目と耳をお持ちなのでしょうか」

「さて、な。俺にも分からん。時々、何でも知っているなと錯覚するぐらいに情報通だったから」

「……しかし、何故《なぜ》ヴィルヘルム様はそこまで動かれたのでしょうか。当主に刃向かい、それを以《も》ってルクセリア様に減刑を申し出ることもせず……待っているのは己の身の破滅だけだと、ヴィルヘルム様ならば分かるはず。それなのに、何故……」

「……惚《ほ》れた女を守りたいと思うことは、可笑《おか》しいことか？」

「……政略結婚では？」

「政略結婚でも、相手に惚れてはならないという道理はない」

オスカーは、そう言って小さく笑った。

「あいつの口から、ルクセリア様への思いが語られたことは一切なかった。馴《な》れ初《そ》めだとか、彼女への思いに繋《つな》がる思い出話すら聞いたことがない。だから、あくまで俺がそう感じたってだけだけど……あいつの彼女への思いは複雑だった。愛しているようにも見えたし、彼女の境遇に同情しているようでもあったし、彼女への罪悪感で押しつぶされそうでもあった」

そう呟くオスカーの目には、陰りがあった。まるで、ヴィルヘルムを悼むように。

「だからこそ、たとえその先にあるのが、己の身の破滅だとしても……あいつは彼女に救われたいと思わなかったのだと思う。否、思えなかったというのが、正しいか」

「……止めなかったのですか？」

「何度、止めたと思う？　けれども、あいつは止《や》めなかった。ぶれなかった。その思いの強さに俺の方が根負けして、最後は陰ながら協力していたが……結局、結末はアレだ」

口調こそ軽かったものの、オスカーは自身の拳を固く握り締めていた。

「でも、刺されるその時……あいつは笑っていたよ。あの結末を、覚悟していたから。覚悟して、満足していたから」

「……そうですか」

サムはそれ以上何とも言えず、俯《うつむ》いた。

正直、この短時間でもたらされた情報に頭がついていかない。

少しでも、頭を整理する時間が欲しかった。

「……なあ。サムは、ルクセリア様のことをどう思う？」

思い出したように、オスカーが問いかけた。再び、サムは顔をあげる。

「どう、と申されましても……私は直接お目通りする機会がないので、あくまで伝え聞いた話から推測するしかありませんが……」

「それで良い。……俺はあいつから話を聞いたせいか、どうしても身内贔屓《びいき》というか……彼女に対しては、冷静な判断が下せないんだ」

「……氷のように冷静かつ冷徹で、炎のような怒りをその身に宿す方と思いました。ルクセリア様は、ご自身の両親が亡くなった原因を知っているのですよね？」

言葉を選ぶように、サムはゆっくりと言葉を紡いだ。

「ああ……」

「いつから彼女がその事実を知ったのかは知りませんが……少なくとも、あの婚礼式の直前ということはない筈《はず》。であれば、彼女は王という確かな権力を手にするまで、ずっと人形の仮面を被り続け……その内で復讐《ふくしゅう》の刃を研ぎ澄ましていたということ。自身の仇《かたき》を前に、激情に駆られることなく計画を推し進めたその冷静さは、感嘆に値します」

「そうだな」

「その一方で、彼女の怒りの炎は刃を研ぎ澄ませていた年月だけ、より一層燃え上がっていたのかと。その苛烈《かれつ》さが、ラダフォード侯爵領の制圧であり、あの婚礼式の顛末《てんまつ》なのだと思います。……恐らくあの方は、一度動き出したら、その炎で全てを焼き尽くすまで止まらない」

サムの言葉に、オスカーは声をあげて笑った。

「ははは……なかなかに、興味深い例えだ。そうか……やはり、お前もそう見るか」

そう呟きつつ、彼は立ち上がる。

そして、そのまま窓辺に向かって歩き出した。

窓から見える景色は、いつの間にか陽《ひ》はすっかり沈み闇が空を覆っている。

「……そんな彼女は、果たして父上の言う通り無能か？　答えは、否だ。俺の目には、父上の方が遥《はる》かに無能と見えている」

「それは……」

「彼女を排し、独立を果たそうなど……酷い夢物語だ。現実が見えていなさ過ぎて、一層哀れにも思える。他の侯爵家はどうか知らないが……何故、侯爵家はああも彼女を、王家の力を甘く見る？　その答えこそが、長年王家を侮り甘い汁を吸い続け……そして腐っていった証左だとしか俺には思えないんだよ」

「……ルクセリア様の策略とも考えられますよ。この時のために、彼女は人形姫の仮面を被り続けたのかと」

「ああ、そうかもしれないな。……それはそれで、より恐ろしいが」

そっと、オスカーは窓を開け放った。

室内の澱《よど》んだ空気が入れ替わっていくような心地がして、オスカーはそっと目を閉じ深呼吸をした。

「彼女の策略にしろ、そうでないにしろ……俺の答えは、変わらない。この領地にとって害悪にしかならない父上には、退場いただかなければならない。そして、この国にとって災禍としかならない侯爵家には、消えてもらうしかない。今になって、ヴィルヘルムが何故あんなにも追い詰められたように動いていたのか、やっと分かったよ」

「……ルクセリア様に、協力なされると？」

「ああ」

「ですが……オスカー様が無事で済む保証はありません。ルクセリア様の炎が、協力者であるオスカー様の身ですら燃やし尽くす可能性があります。……何より仮に命が助かったとしても、ウェストン侯爵家は間違いなく取り潰《つぶ》されるでしょう。そうなったら、オスカー様は、一体どうされるおつもりですか？」

「さあ……生きていたら、どうにでもなるだろう。その時、考えれば良いさ」

サムの問いに、オスカーは肩を竦《すく》める。

「そんな……」

「そんなことより重要なのは、何がこの国にとって最善かだ。……俺は堕ちたとはいえ、民を守る誇り高き侯爵家の一員。自身の身よりも、国の利を取ることは当然だろう」

「それは、そうかもしれませんが……」

「むしろ、遅かったぐらいだ。俺は、知っていたのに。……五大侯爵家のかつての罪を。それでも、ずっと決断がつかなかった。民の犠牲を知った、今この時まで」

ガンと、大きな音が部屋に響いた。それは、オスカーが窓辺の壁を叩《たた》いた音だった。

「気づいて然《しか》るべきだった。それなのに俺は、ヴィルヘルムの話を他人事としてしか聞いていなかったんだ。過去の罪も、そしてラダフォード侯爵家が新たに犯そうとした罪も。……所詮《しょせん》、ウェストン侯爵家も同じ穴の狢《むじな》だというのに……っ」

「お止《や》めください！　オスカー様っ」

度々壁に拳《こぶし》をぶつけるオスカーを、サムは止めた。

「……サム。俺に協力してくれ。勿論《もちろん》、ウチが没落する前に、良い次の職場を紹介する」

「……いえ、紹介は不要にございます。私は、オスカー様の侍従ですから」

「俺は、お前一人すら雇い続けられなくなるんだぞ」

「それこそ、その時考えれば良いんですよ。案外、何とかなりますって」

サムはそう言って、笑った。その瞳《ひとみ》には、一切陰りがない。

「そうか……なら、その時一緒に身の振り方を考えるか」

オスカーもそう言って、笑った。

「サム。まずは、領官たちを探ってくれ。父上の息がかかっていない領官たちを選抜する。その上で、彼らを味方につけておく必要がある」

「畏《かしこ》まりました」

「俺は、今回の事件も含めて父上の周りを探る。それから、私兵たちも手懐《てなず》ける必要があるな。……お前も、何か耳に入ったら即俺に報告してくれ」

「はい、承知致しました」

「……これからも、よろしくな」

「ええ。こちらこそ末長く、よろしくお願い致します」

そうして、二人は固く握手を交わしていたのだった。


夜の闇に紛れ、一人の男が動いていた。

ベックフォード侯爵家を探っていた、トミーだ。

物音ひとつ立てず、誰も彼が屋敷を徘徊《はいかい》していることに気が付かない。

「……では、バーナード様。彼らには、いつも通りの報酬を渡しておきますね」

目的地に到着した瞬間聞こえてきた声に、彼は動きを止める。

声の主は、カール。

ベックフォード侯爵家の当主であるバーナード・ベックフォードの側近中の側近だ。

その有能さで使用人の中でも異例の出世を遂げ、若くしてその地位に就いたとベックフォード侯爵家の中で有名な人物だ。

「うむ、うむ。それで良い。……それで、スレイド侯爵からの金は何時《いつ》来るのか?」

「すぐには来ませんよ。商品を引き渡してからでしょうから……あと、早くとも一ヶ月くらいかと」

「そんなにかかっては、チェリーが強請《ねだ》っていた指輪を買えないではないか!」

「大丈夫ですよ。前回の売上金で手付金は払えますから」

「なんだ……それを早く言わないか！　他の奴らに先に買われたら、どうしてくれる⁉」

「あの指輪は、おいそれと買える代物ではございません。それに、カメオ商会もお得意様であるバーナード様を無碍《むげ》にはできないでしょう」

「そ、そうか……なら、良い。早う、カメオ商会に指輪の件を連絡するんだぞ？」

「勿論でございます」

カールは人の良さそうな笑みを浮かべていた。

「ああ……そういえば、領境の橋を補修する件について至急で報告があると領官が申しておりましたが」

「橋ぃ？　そんなもの、さっさと建て替えてしまえば良いではないか！　そのような些事《さじ》でチェリーとの時間を邪魔しようとするとは……その領官は、馘《くび》だ、馘！」

バーナードが愛人に金を湯水の如く注ぎ込むことは有名だが……噂通りの彼の言動は、あまりに醜悪なそれ。

トミーは思わず内心溜息《ためいき》を吐《つ》いた。

「……畏まりました。では、そのように。それでは私はカメオ商会との連絡がございますので、これで」

「うむ」

そして、カールは部屋を退出した。

室内での一部始終を盗み聞きしていた男……トミーは、目的の人物であるカールに付いて行く。

当主であるバーナードを探っても、愛人のチェリーとの桃色な話ばかりで、エトワールの件どころか領政に関しての情報も全く出てこない。

バーナードがそれらの情報を隠しているからということであれば、その巧妙さに舌を巻くのだが……真実、何もないのだ。

お陰でトミーのこの数ヶ月の調査は、全くと言って良い程の空振りだった。

「愚図め……」

部屋を出たカールはそう吐き捨てていたものの、その表情に浮かぶのは満足気な笑み。

それから彼は、少しの間書斎で仕事をしてから自室に戻ったようだった。

完全にカールが去ったことを確認してから、トミーは彼の書斎に侵入する。そしてカールが触れていた机の場所を、順に探っていった。

お、ビンゴ……。彼は声に出さずにそう呟《つぶや》くと、軽く内容を見た。

そしてその場で複製を作り、偽物の方を元通りの場所に戻して行く。

全てが終わったタイミングで、ふと人の気配を感じて咄嗟《とっさ》に飛んだ。

瞬間、彼のいた場所に小刀が幾つも刺さっていた。

……当主への警戒が薄いと思ったら、まさか本命はこっちだったとは。

次々と刺客が入って来ては攻撃をしかけられている現状に、彼は思わず息を吐く。

「こりゃ、残業代を貰わなけりゃ割に合わないな……」

彼は襲いかかってくる敵を、的確な攻撃で一撃のもとに葬り去って行った。

けれどもそれでも尚、目の前を埋めつくすような大勢の刺客を前にして思わずぼやいていた。


朝……一人の男が、ベンチに座って一服していた。

店が開き始め、多くの人々が忙《せわ》しなく道を歩いていく……そんな、日常の風景。

それに見事に溶け込んでいるその男は、トミーの部下であり、連絡地点であるその場所でトミーが現れることを待っていたのだ。

けれども、待てど暮らせどトミーが来ない。

約束の時間まで待っても現れないことに、彼は眉《まゆ》を顰《ひそ》める。……まさか、トミーが捕まったか？と。

けれども、彼の迷いは一瞬だった。

仮にトミーが捕まっていた場合、この連絡地点に留まっていることは危険だ。彼から、情報が漏れた可能性がある。

もしそうでなかったとしても、時間通りにトミーが来ないということは、何らかのトラブルがあったと考えて然るべきだ。

つまり、この時間にこの場に来られない理由が何かしらあったということ。

今後の動き方を考えるためにも、その原因を探るべきだろう。

そう結論付けた彼は、道中で応援を拾いつつ第二の連絡地点に向かう。

応援と彼とで二手に分かれ、彼は建物の内に入り、応援は建物内を観察すべく向かいの屋上に登って行った。

応援から不審物や不審者がいないことを信号で知らされ、彼は室内に入る。

「……って、トミーさん⁉」

入った瞬間、別の扉からトミーが現れた。

けれども、その姿はとても無事とは言い難い。全身は紅に染まりきり、いたるところに切り傷がつけられている。

「大きな声を、出すな……」

そう苦笑いを浮かべつつ彼を窘《たしな》めたトミーは、その場に倒れ込んだ。

彼は、崩れ行くトミーをすぐさま受け止める。

「大丈夫ですか……っ？」

「ああ、大丈夫だ。ちょっと、相手がしつこくてなあ」

「お疲れ様です。……応急処置をしますので、少々お待ちください」

「助かった……。悪いな」

「いえ。ご無事で何よりです」

「ほんと、よくあそこから無事脱出できたよなあ……もう、超過労働も良いところ。あんなセキュリティが厳しいところ、二度と入るものか」

ぶつくさ文句を言いつつも、彼は大人しく治療を受けていた。

「さて、ご苦労さん。それじゃ、これにてこの仕事は終了！　皆、撤収」

彼の治療が終わってからすぐさま、トミーは応援も含めてその場にいた全員に指示を出して行く。

「……自分は、残りますよ。まだ、動けないでしょう？」

「悪いな。……少し、休む」

彼の申し出に素直に感謝しつつ、トミーはそのまま眠りについたのだった。


「……報告に参りました」

夜更けの街が眠りについた時分に、トミーの声が静かな執務室に響く。

駒を弄《もてあそ》びながら、盤面に向かっていたところだった。

「其方《そなた》が負傷したとの報告を受けていたが……大丈夫か？」

「問題ないです。大した怪我《けが》ではありませんし」

「そうか。……必要ならば、休め。それ故に報告が遅くなったとしても、咎《とが》めはせぬ」

「ありがとうございます。……ですが、本当に問題ないので。それで本題ですが、エトワールの件です。……消えた子どもたちが皆、魔力持ちであることが判明しました」

トミーの回答に、私は思わず溜息を吐いてしまう。

「やはり、そうか。……消えた子どもたちの行方《ゆくえ》は？」

「スレイド侯爵領に送られているようですが、その後の行方は分かりませんでした。恐らく、ベックフォード侯爵家側も把握していないのかと」

「用意周到だな。……スレイド侯爵家を、直接調べねばならぬか」

「ええ、そうですね。…………一応、これがスレイド侯爵領に送られているという証拠です」

渡された紙を、上から下まで見る。内容は、引き渡す子どもの数、それぞれの特徴、引き渡し場所等々。

まるで商品リストのような書き振りに、反吐《へど》が出る。

「……よくぞ、見つけた」

怒りを漏らさないよう、努めて冷静に礼を告げた。

「いえ、これだけでは……」

彼の言葉を引き継ぐように、私は再び口を開く。

「……糾弾する証拠にはならぬな」

トミーが持って来た証拠には、一切印が押されていない。

ベックフォード侯爵家とスレイド侯爵家の名は記載されているものの、印はない。

名前を騙《かた》ったと主張されてしまえば、それまでだ。

「はい、そうです。何故《なぜ》か、ウェストン侯爵家が関わった証拠はあったんですが」

次に渡されたのは、先程と同じ商品リストのようなそれ。

けれども先程とは異なり、しっかりとウェストン侯爵家の印が押されていた。

「……随分と薄っぺらい友情なのかもしれぬな」

「何か分かったんですか？」

「スレイド侯爵家とベックフォード侯爵家に関する証拠は一切出てこなかったのに、ウェストン侯爵家のものは出てきた。つまり、奴らは互いに互いが関与した証拠を持っているのではないか？」

「……ああ、なるほど。そうして、裏切りを防ぐということですね。確かに、薄っぺらい友情だ」

「さて、ウェストン侯爵家とスレイド侯爵家、二つの家を探らねばならぬ。もしくは……ベックフォード侯爵より、絞り取るか？」

「賛成ですが……もしかしたらベックフォード侯爵家当主は、何も知らないかもしれません」

「……何？」

「愛人との楽しい時間以外は、有能過ぎる側近に全てを任せているので。金さえ手に入ればそれで良い、という感じでした」

あまりにもあまりな話に、再び私の中で怒りの炎が燃え盛った。

「他者の人生を弄んでおいて……っ！」

ダン……ッ。ぶつけようのない怒りを拳《こぶし》に込めて、机を叩《たた》いた音が響く。

盤面に置いていた駒の殆《ほとん》どが、倒れていた。

「ベックフォード侯爵が役に立たぬ可能性がある以上、先行して他の両家を調べよ。……ああ、そそういえば……。


「……どうされましたか？」

「丁度明後日《あさって》、スレイド侯爵と会う予定があったな。……そこで直接、聞き出す」

「……本当に便利ですよね、ルクセリア様の魔法は」

私の魔法は、密偵であるトミーからしたら確かに便利なそれなのだろう。

「こういう時にはな。……普通に生活していたら、全く役に立たん」

「それこそ、天の配剤でしょう。……王たる貴女《あなた》様が、その魔法を持つことが」

「……だと、良いのだがな。まあ、良い。一旦《いったん》、両家の調査のことは、忘れてくれ」

「畏《かしこ》まりました。……ところで、その駒。貴女様と侯爵家の方々ですか？」

「ああ……よく気が付いたな」

「そりゃ、ルールと異なる駒の置き方をしているようだったので」

「……それも、そうか」

「この黒の王が、ルクセリア様。で、その脇を固めているのが俺ら。……相手は、沢山の仲間に囲まれた白の王が、三つ。……三つ？　未《ま》だ四家残っているのに、二つが盤面から落ちているのは、何故でしょうか？」

「……一つは、灰色だから」

そう呟きながら、思わず笑った。

私が敢えて人形姫となったことを知っている『侯爵』のことを思い出して。

「灰色？　白でも、黒でもないということでしょうか。……それはつまり、ルクセリア様の仲間？」

あの、敵か味方か判別し難い男にその色はピッタリだ。

「さあ……どうであろうな？　少なくとも其方には、そうと決めつけて動いて欲しくない故……これ以上は、秘密だ」

けれどもその考えを口にすることはせず、私は脇に置いていた白王の一つを、黒王と三つの白王の駒の間に置いた。

「承知致しました。俺は、四つの家を敵と見做して動き続けますよ」

「それで良い。……そろそろ、白の駒を一つ黒に染めたいな」

「……仲間に引き入れる、ということでしょうか」

「うむ。……そういえば、ウェストン侯爵家の嫡男。あれを洗い直したか？」

戴冠式《たいかんしき》で同じ侯爵家の直系であるヴィルヘルムが刺されて、微笑《ほほえ》んだ彼。

普通自らも粛清の憂き目に遭うのではないかと恐れる場面で、何故そんな反応をしてみせたのか。

単純にラダフォード侯爵家を蹴落《けお》としたいがためだったのか、それとも……五大侯爵家の栄華が崩れ始める音を、受け入れていたのか。

その答え次第では、接触する価値がある。

「オスカー様、ですね。調べていて、少し気になったことがあるんです」

「何か？」

「どうやら、王都で頻繁に街歩きをしていたみたいなんですよ」

「ほう？　……単なる好奇心か、意中の者でもいたのか……」

「それが、どうやら一緒にいたのがヴィルヘルム様っぽいんですよ。証言のみなので、確かな証拠は何もないあやふやな情報ですけど」

「……ならば、何故……」

彼は、笑ったのか。

仮にその証言が事実だったとして、親交があったヴィルヘルムが刺されたのなら、動揺してもおかしくないというのに。

……考えてみたけれども、分からない。

「もう少し、洗い直してみますよ」

「ああ、頼む。……だが、其方は休め」

「ありがとうございます。しっかり有給休暇をいただきますね」

「有給休暇、か。ふふふ……まあ、良い」

あまりに休まないトミーに、給料が出れば休んでくれるのかと有給休暇というシステムを懇々と言って聞かせたことがあった。

部下に休みを全く与えないだなんて、そんなブラック企業のようなレッテルを貼られることはゴメンだ。

……尤《もっと》も、隠密の彼の勤務状況が噂になったら、それはそれで問題だが。

トミーは言葉そのものが気に入ったらしく、私が休めと口を酸っぱくする度に彼はその言葉を口にする。

「では、失礼致します」

怪我のせいか、若干ぎこちなく頭を下げると、トミーは再び闇に消えていった。


次の日の、夜。

私は、仕事終わりにのんびりと本を読んでいた。

明日スレイド侯爵に会うという大勝負を前に、少しでも心を落ち着かせたくて。

「……ルクセリア様、その本がお気に入りですよね」

アリシアが、お茶を淹《い》れながら呟《つぶや》く。

私が読んでいたのは、建国記。

フリージアやハワードと話して以来、手元に置いて時間がある時には読んでいる。

「そう……かもしれないわね。……アリシアは、この本を読んだことがある？」

「そうですね。小さい頃に何度か」

「そう……」

パタン、と本を閉じた音が響いた。

「……建国記って、魔力持ちの奮闘を描いた物語だと私は思うのよね」

唐突な話にアリシアはキョトンと首を傾《かし》げる。

「例えば、初代王が戦った魔の者。この世界に、恐ろしいモンスターはいないでしょう？」

「物語に出てくる、ドラゴンとかですか？　確かに、そうですねぇ」

「だから、この魔の者っていうのは魔力持ちを害する人たちで、初代王は魔力持ちを守るために、この国を建国したのかなって」

「ああ、なるほど……。確かに、この国は他国と比べて魔力持ちに対して寛容だって聞いたことがあります。私は魔法が使えないですけど、時々暴発するので、他国にいたら大変なことになっていたかもしれませんね。まあ……私の場合は、この国でも皆さんにご迷惑をかけちゃっていますが」

暴発するのは、貴女のせいじゃない。

だって貴女は、私の誘拐事件に巻き込まれるまで……記憶をなくすまで、有能な魔法使いだったのよ。

彼女が浮かべた苦笑を見て、反射的にそんな言葉が出かけた。

「……魔力の暴発なんて、事故みたいなものよ。貴女が負い目に思う必要なんてないの。迷惑どころか、むしろ貴女がいてくれて、私はとっても助かっているのよ」

結局、過去のことには触れずに言葉を紡いだ。

「ありがとうございます、ルクセリア様」

アリシアは、花が綻《ほころ》んだように笑った。

「だからもし魔力が暴発して、誰かに嫌味を言われたら、私に言ってね」

「大丈夫ですよ。皆さん、とっても優しいですから」

「そう？　まあ、フリージアがいてくれるなら大丈夫かしら……」

「そうですよ！　……それにしても、初代の王様はスゴイですね。魔力持ちを守って、国を建てちゃうなんて」

「私の想像だけどね」

……初代王が、今のこの国を見たらどう思うだろうか。

魔力持ちの子どもを拒絶している者や、彼らを物扱いし売り買いしている者たちがいる現状を見たら。

悲しむのだろうか。憤るのだろうか。

……それとも、諦《あきら》めるのだろうか。

「でも、何となく腑《ふ》に落ちるの。……私が受け継いだ宝剣もね、初代王の祈りが形になったんじゃないかなって。そう考えると、面白いわよね」

「……私も含め、この国の魔力持ちは幸せですね」

「あら？　急にどうしたの？」

「きっと、ルクセリア様は初代王のような素晴らしい王になりますから。その御世に生まれて幸せだなって」

「……アリシア。貴女、買い被り過ぎよ」

彼女の優しい想像に、私は苦笑しながらそう言うことが精一杯だった。

……そして、次の日。

スレイド侯爵に会うせいか、会談の時間が近づくにつれて自分でも分かる程にピリピリしていた。

「ルクセリア様……具合でも、悪いのでしょうか？」

アリシアも私のそれに気が付いて、心配げに問いかけてくる。

「大丈夫よ。今日はねえ……ちょっと大事なお客様に会うから、少し緊張してしまっているみたい」

「まあ……そうだったんですね」

「ねえ、アリシア。今日は、ドレスと化粧をしっかりとしたい気分。……貴女におめかしをしてもらうと、その姿に負けないようにちゃんと背筋を伸ばさないと、って頑張れるから」

「畏まりました」

それからアリシアは、私の要望通りに支度をしてくれた。

時間が足りないと、フリージアにも手伝ってもらいながら。

二人がかりで作り上げた私の姿は、化粧の力も相まっていつもよりも三割増しでキレイになれた気がする。

「ありがとう、アリシア。フリージア。これなら私、頑張れる気がするわ」

それからすぐに、時間がやってきた。

約束の時間きっかりに彼が来たことを知らされ、私は応接室に向かう。

部屋に入ると、スレイド侯爵とそのお付きの者が頭を下げて私の動きを待っていた。

「ご苦労。面《おもて》を上げ、楽にせよ」

彼らの正面の席に腰掛けてから告げると、彼らは恭しく頭を上げて席に座る。

……白々しい。

そう内心思いつつも、にこやかに応対をする。

彼の用件は、領地の報告だった。

……五大侯爵家は年に一度、当主自らが領地に関して王に説明する義務がある。

とは言っても、実務レベルでは年に一度と言わず頻繁にやり取りがなされているので、要は時候の挨拶《あいさつ》のようなものだ。

「そうか……今年も、スレイド侯爵家は恙《つつが》なく領地を治めているようで安心した」

「これもひとえに、王家のご支援があってのこと。今後とも、よろしくお願い致します」

……そろそろ、頃合いか。

そう思って、魔法を発動する。

けれども、すぐに違和感を覚えた。

何故《なぜ》？　どうして、彼らの『心の声』が聞こえない？　魔法は、問題なく発動しているというのに。

『一つ、教えてくれないか？　其方《そなた》の横にいる者が、どのような魔法を使えるのかを』

試しに、魔力を載せて適当な指示を出す。

「魔法、ですか……？」

けれども、返ってきたのは答えではなく、質問。

……やはり、魔法が効いていない。

「ああ……そこの者は……」

「アルバンと申します」

「そうか。……アルバンは、スレイド侯爵家の一族の者ではないであろう？　それにも拘らずこの場に連れていることは、余程有能な護衛なのかと」

とりあえず動揺を悟られないよう、取り繕う。

「いいえ、彼は護衛ではありません。ただ有能な側近なので、勉強のために私と行動を共にさせているのですよ」

「そうか……。どうやら、早とちりをしたようだな」

それから軽く世間話をした後、スレイド侯爵たちは去って行った。


「いやあ……まさか、ルクセリア様の魔法が効かないとは」

スレイド侯爵たちが去った後、すぐにトミーが現れた。

既に部屋は人払いをしていて、私とトミーしかいない。

扉という真っ当な方法では入室していないため、彼がこの部屋にいることは誰も知らないという状況だ。

「恐らく、アルバンとかいう側付きの魔法であろう」

「……スレイド侯爵自身という可能性は？」

「ない。過去に一度、奴の心の声を聴いたことがある」

「部屋にスレイド侯爵の手の内の者がいないことは、俺も確認しています。……であれば、残るはアルバンしかいないということですね」

「厄介な……っ！」

思わず、歯ぎしりをした。

「何故、一族の者でもないアルバンと常に行動を共にしているのか不思議に思っていましたけど……納得ですね。侯爵は側近だなんて嘯《うそぶ》いていましたが、完全に護衛でしょう」

「ああ。魔法を防げる者ほど、護衛として役に立つ者はいない」

「ちなみに、スレイド侯爵が貴女様の魔法を知っている可能性は？」

「ない……とは言い切れないが、限りなく低い。私の魔法を知っている者で生きている者は、殆《ほとん》どいないんだ」

私の魔法を知るのは、亡くなった両親と、記憶をなくしたアリシア、それから仮面の下を知っていた『侯爵』だけ。

それ以外は、『心域《しんいき》』で記憶を全部消去させた。

『侯爵』も、流石《さすが》にこの情報はおいそれと他の五大侯爵家には漏らせなかっただろう。

情報が出回ってしまった場合、すぐに彼が漏らしたと分かってしまう程に限られた人物しか知らないのだから。

「まあ……いずれにせよ、スレイド侯爵家を攻略するには、アルバンをどうにかせねばならぬということか」

「それはそうですが……」

「まあ、すぐにスレイド侯爵家の調査を開始……とは言えぬから、ゆっくり対策を考えるか」

「え、何で言えないいんですか？」

「……其方の体調は、万全ではなかろう？」

私の答えに、何故かトミーは息を吐いた。

「……俺は、ルクセリア様の駒ですよ？　駒の体調を一々気にかけていたら、進められるもんも進められなくなりますよ」

「とはいえ、スレイド侯爵家だぞ？　万全の其方にしか、頼めぬ」

そのタイミングで、扉をノックする音が聞こえてきた。

それと同時に、トミーが音もなく姿を消す。

「失礼致します。……おや、トミーはいないのですか？」

入って来たのは、ギルバートだった。

「ここにいますよ。それにしても、よく俺がいるって分かりましたね」

「スレイド侯爵との面談後に、ルクセリア様が人払いをされたと聞きましたので、トミーに何か話があったのかと」

「ああ……そういうことですか」

「丁度ルクセリア様とトミー、二人に確認していただきたいことがありましたので、二人の話が終わりましたら少しお時間をください」

実は、トミーとギルバートは同じ私の側近ながら中々顔を合わせることはない。

トミーは一度任務に就くと、数日……下手《へた》すると数週間いなくなることもあるので、同じく目が回るような忙しいスケジュールを過ごしているギルバートとは時間が合わなかった。

つまり、こうして二人が揃《そろ》うのは滅多にない機会ということだ。

「そうか……では、報告せよ。こちらの話は一段落ついた」

「では、ありがたく」

ギルバートの報告は、王宮内の人事だった。

宮中の勢力は大きく分けて二つ。

一つは、五大侯爵家の息がかかった者たち。

そしてもう一つが、それらの家とは全く関係のない者たちだ。

ギルバートの説明は、簡潔に纏《まと》めると、五大侯爵家が瓦解《がかい》することを前提に、宮中の人事を刷新するというものだった。

「この、粛清リストの基準は?」

ギルバートから渡された書類……ズラリと名前が並べられたそれを揺らしつつ問いかけた。

五大侯爵家の息がかかり、かつ、その五大侯爵家の縁故で職に就いた者でも、容赦なくそのリストに名前が載っているのだから、その本気度も窺えよう。

「単純に、不正を行った者たちです」

「随分と多くないか？」

「積み重ね、ですよ。……過去、五大侯爵家の名の下に随分と好き勝手をされた挙句、追及を止めなければならぬことが何度もございましたから」

「そういうことか……」

大きく息を吐いた。

宮中の中心で、こんなにも不正が罷《まか》り通っていたのかと思うと呆《あき》れて溜息《ためいき》しか出てこない。

私が名前を眺めている間に、ギルバートがトミーに情報に間違いがないかを確認していた。

トミーはその問いに、詰まることなく答える。

トミーもよく記憶しているな……と、どこか他人事のようにその問答を見ていた。

「……報告は、以上です」

「分かった。この者たちを粛清した場合の、国政への影響は？」

「全くないとは言えませんが、最小限に抑えることが可能です。過去、各省庁で日々の業務を継続するために必要な最低限の人員を確認していますので、粛清後は人員をそれらの部署に割り振る予定です」

「ならば良い。……各領地の領官たちについても、同様の整理を行っているか？」

「ええ、勿論《もちろん》です。粛清対象の一次案は完成済です」

「流石、ギルバートだ。……であれば、問題ない。追々報告せよ」

「承知しました。……ああ、そういえば頃合いを見て、アリシアとフリージアに会ってあげてください。彼女たち、気を揉《も》んでいましたから」

「ああ……彼女らには今朝方より心配をかけていたようだからな」

「そのこともあるのでしょうが、恐らく五日後の茶会に関することかと」

「ん？　茶会……」

正直、すっかり茶会の存在を忘れていた。

記憶の奥底を引《ひ》っ掻《か》き回して、やっとそれを思い出したぐらいだ。

「……そういえば、茶会には侯爵家のご令嬢たちも呼んでいたか」

どうでも良いと忘れていたけれども……今にしてみれば、使える。

そんなことを考えていたら、自然と口の端があがった。

「まさか、ルクセリア様。……ご令嬢から、攻略しようと？」

私の笑みの意図を正確に読み取ったトミーが、問いかけてきた。

「ああ……かなり望みは薄いが、試さぬよりはマシであろう。茶会が終わるまで、トミーは一切の調査を凍結、体調の回復に努めよ」

「気合を入れて、休ませていただきます」

「……さて、ギルバートの報告が以上であれば、余は茶会の最終確認に移りたいのだが」

私の言葉に、二人が同時に「問題ない」と答える。

「分かった。……二人とも、引き続きよろしく頼む」

「「畏《かしこ》まりました」」

そうして、私はアリシアとフリージアの元に向かった。

「ルクセリア様、お待ちしておりました。茶会の会場の飾り付けについて、最終確認をしていただければと」

戻ってすぐに、フリージアに言われた。

「そんなことより、ルクセリア様！　お昼、大丈夫でしたか？　嫌な人と会わないといけなかったんですよね？」

「こら、アリシアっ！　そんなこととは、何ですか。五日後の茶会は、ルクセリア様の権威を示す大切な茶会なんですよ。それに、そのようなことを聞くなんて失礼でしょう」

二人のやり取りに、思わず笑う。

「ふふふ、アリシア。心配してくれて、ありがとうね。二人が身支度をしてくれたから、頑張れたわよ。後でゆっくり話すから、今はフリージアと一緒に茶会の準備をしましょうか」

そして私たちは、次の戦支度を始めたのだった。


「どうして、侯爵は王家を目の敵にしているんですか？」

アルバンの素直な問いに、スレイド侯爵は笑った。

普通、スレイド侯爵に対して使用人がこんな質問をすれば、即刻首と胴が離れることになる。

そうならないのは、スレイド侯爵にとってアルバンが千金にも値する存在だからだ。

この世界で、最も強力な武器は魔法。

アルバンは、それを封じ込めることができる。

魔法は一人一つずつ、そして千差万別。

つまり、無効化の魔法はアルバンにのみ与えられた武器。

アルバンが気に入らないからといって、他を手配することも叶《かな》わない。

それ故に、スレイド侯爵は彼を蔑《ないがし》ろにすることはできなかった。

むしろ彼にしては珍しく、一族の者でもないアルバンに対して便宜を図っているぐらいだ。

「目の敵にしているように見えるか?」

「ええ、まあ」

「そうか……まあ、確かに邪魔だとは思っているな」

「それは、王様になりたいからですか?」

「違う」

スレイド侯爵の否定に、アルバンは首を傾《かし》げる。

「王になりたいのではない。王の位を、取り戻すのだ」

「つまり、侯爵様が元々王様だったということですか?」

「そうだ。アルバン……お前は、この国の成り立ちを知っているか？」

スレイド侯爵の問いに、アルバンは首を横に振る。

「この国は、元々六つの国でできている。そして五大侯爵は、それぞれの国の王の末裔《まつえい》」

「王様だったんですか……」

「そうだ。そして五つの国を侵略して出来上がったのが、アスカリード連邦王国。……当然、五つの侯爵家は、侵略者である王家への憎しみを受け継いできた。まあ、それも当然のことよな。本来ならば、私が王座に座っている筈《はず》だったんだ。断じて、あのような小娘が座るためのものではなかった」

アルバンは、スレイド侯爵の言葉を聞いても首を傾げていた。

まあ……それも仕方のないことだろう。

歴史にたられればを持ち込んで主張したところで、第三者からしたら妄執にしか思えない。

「歴代スレイド侯爵家当主は王家より国を奪還しようと、戦い続けてきた。そして、もう間もなくこの長い戦いに勝利するのだ。……私こそが、代々のスレイド侯爵家当主の無念を晴らしてみせる」

……けれども往々にして、逆に当事者は時を重ねるごとに恨み辛みが膨れ上がり、より拗《こじ》れに拗れるものだ。

「もうすぐだ。……お前も、気を引き締めて事に当たれ。私のために働け。良いな」

「はい」

それ以上は踏み込めないと判断したアルバンは、素直にスレイド侯爵の言葉に頷《うなず》いて見せたのだった。

「……建国記を、読んでいるのですか？」

「『侯爵』、か……其方《そなた》も、よく来るな」

図書室に現れた『侯爵』に、私は笑みを浮かべた。

『侯爵以外の者は、この部屋で起きることを記憶から消却せよ。勿論、侯爵がこの部屋に来たことも忘れろ』

そして『心域《しんいき》』で、『侯爵』との接触を抹消させる。

「余の体を労ってくれるのであれば、あまり突然現れてくれるな」

「それは、申し訳ございません」

「其方は、どう思う？　我が、アスカリード一族は五国の王を侵略した一族か？　それとも、魔力持ちの守護者と見るか？」

建国記を掲げながら、『侯爵』に問う。

『侯爵』は、困ったように笑った。

「陛下が幼きあの日、お伝えした筈ですが。我が祖先はかつて、アスカリード一族の軍門に降《くだ》った。それは、一族と領民を守るためだったと」

「……その答えは、どちらとも取れると思うが？」

「我が一族は魔力持ちが多く生まれ易いということもあり、敵が多かったようです」

その答えに、私は笑った。

「……共通の敵とは、良いものだな。すぐに友情を育める」

「そうですな」

「他家も、同じように歴史は伝わっているのか？」

「さあ、分かりません。あくまで推測ですが、伝わっていないのではないでしょうか。それ故に、彼らの口癖が王位を『取り戻す』なのかと。……別に、王位は奪われたものではないというのに」

「……ああ、そういうことか。滑稽《こっけい》だな。共通の敵がなくなり、記憶が薄れれば友情も崩れる……か。何とも薄っぺらい友情だ」

そっと、『侯爵』を見つめた。

「笑っている場合ではないぞ。今も、同じではないか。余という共通の敵がいなくなれば、其方ら五大侯爵家の協調はすぐに消えてなくなるであろう」

「そうでしょうね」

『侯爵』は、同意しつつ苦笑した。

「……それで、何用で参った？」

「……領官の調査をされていますね」

「流石《さすが》だな。其方は、しっかりと領官を掌握しているようだ。……てっきり、余の元に一番に来るのは、ウェストン侯爵家かと思っていたが」

「……ウェストン侯爵ですか？」

「勿論、侯爵家当主ではない。一族に、少し目端がきく者がいそうでな」

「……ほう、それはそれは……。陛下の復讐劇《ふくしゅう》は随分と順調に進みそうですな」

「うむ。……それで、其方がここに来たということは、少しは余の圧を感じたか？　そろそろ白か黒かハッキリさせろと」

「ええ。……私には十分な時間が与えられた。もう、十分です。私は当主の地位を降りますので、後はご随意に」

「そうか。……ならば、もう少しだけ其方は領主の地位に就いていろ。オルコット侯爵よ」

「は？　しかし……」

「最後に其方に一仕事を与えるということよ。……その後、其方に沙汰《さた》を下そう。無論、其方が愛して止まぬオルコット侯爵一族と領民には手を加えぬ。かつて、其方が服従を示した時に約束した通りに」

「……その言葉が聞けて、安堵《あんど》しました。承知致しました」

「では、追って指示をする」

オルコット侯爵は私の言葉に頭を下げると、退出していった。

茶会当日。

前回の……即位前の茶会を思い出すと、どうしても憂鬱《ゆううつ》になる。

「ルクセリア様！　素敵です！」

今日も気合を入れるため、念入りにアリシアとフリージアに仕度をしてもらった。

白を基調としたドレスは幾重にも布が重なり、下にいけばいくほど濃い青色に染まっていた。

耳元や首元には濃い青色のサファイアが飾られている。

「ルクセリア様……私、今日こそは最後まで給仕を務めさせていただきますので！」

アリシアも、妙に気合が入っていた。

……前回途中退席したことが、余程堪えているのだろう。

「あら……それは頼もしいわね。この仕度も、ありがとう。本当に二人の腕は素晴らしいわ」

「いえ、ルクセリア様の美しさがあってこそです」

熱くなっているアリシアの横で、フリージアが淡々と答える。

二人から漂う雰囲気が対照的過ぎて、何だか面白い。

「……それでは、ルクセリア様。私共は会場にて、最終チェックがございますので、先に失礼致します」

「ええ、お願いね」

二人が退出してから暫くして、室外で待機していた護衛騎士から声がかかった。

溜息《ためいき》と共に胸の内にあるもやもやとした憂鬱な気持ちを吐き出すと、気合を入れ直して部屋を出る。

既に私以外の出席者は、全員席についているようだ。

……心なしか皆よそよそしいというか、緊張しているというか。

とにかく全員の様子がおかしくて、内心首を傾げる。

そしてそれは、会が始まってからも同様だった。

「そ、そういえば……ルクセリア様。戴冠式《たいかんしき》のドレス、素敵でしたわ」

その言葉に、やっと疑問の答えが分かる。

……そういえば、彼女たちは戴冠式に出ていたのだ。

つまり、私が宝剣を出した場面も、ヴィルヘルムを刺した場面も、その目で見ていたということ。

深窓のご令嬢たちには、いささか刺激の強い風景だったかもしれない。

「ありがとう。其方たちの期待に応えられたようで、安心した」

話しかけてきたウェストン侯爵家のご令嬢は、引きつった笑みを返す。

……駄目よ、駄目。

そんなに簡単に、心の内を晒《さら》してしまっては。

恐ろしい時程、笑って挑みなさい。

悲しい時程、喜んでみせなさい。

そうして、自身の感情を人形のような仮面で覆い隠さなければ……あっという間に、他者に利用されてしまうから。

ウェストン侯爵家のご令嬢に対して、私は心の中でそう呟《つぶや》いた。

「そういえば、メラニアよ。今日はサプライズにゲストは呼んでおらぬのか？」

私の問いかけに、メラニアはビクリと肩を震わせる。

「さ、サプライズですか？」

「うむ。前回、面白い者を呼び込んでくれたではないか。今回も、同様の楽しみがあると期待していたのだが？」

「ご……ご、ご期待に沿えなくて大変恐縮ですが、今回は、サプライズはありませんの」

彼女の反応に、思わず目を丸くする。

……父親の侯爵本人と比べて、なんとまあ可愛《かわい》らしい人か。

スレイド侯爵だったら間違いなく、別の話題に誘導するだろうし、そもそも自分が前回バーバラを呼び込んだ張本人と聞き取れるような返答は絶対にしない筈だ。

「そうか……それは、残念だ。もし次の機会があったら、是非とも頼むぞ」

「は、はい……」

私はそれとなく、彼女を観察し続ける。

あの、スレイド侯爵が目に入れても痛くないと言う程、溺愛《できあい》する娘。

誕生日は盛大な祝いをすることは勿論《もちろん》のこと、初めて歩いた日だとか、初めてパパという言葉を口にした日だとか、記念日を作り過ぎて、スレイド侯爵家は一年の殆《ほとん》どがお祝いなのだとか。

それだけ聞けば、随分と娘を溺愛する父親だな……と胸焼けする程度だが、スレイド侯爵家はこの国で最上の権力を持つ一角。

そんな家の当主が盛大に甘やかすということは、実質、彼女が望んで叶《かな》わないことはないということ。

だからこそ、なのだろう。

……彼女が、彼女の父親と違ってこうも可愛らしいほどに扱い易いのは。

それから何事もなく会は続き、陽《ひ》が暮れる前に終わった。

皆が去っていく最中、私はメラニアを呼び止める。

「ど、どうされましたか……？」

『メラニアは、その場に留まれ』

いつものように、魔力を載せて言葉を紡ぐ。瞬間、メラニアの瞳《ひとみ》が虚ろになった。

これで、彼女は私の意のままに動く。

『メラニア以外の者たちは、余がメラニアを呼び止めたことを忘れ、メラニアが忘れ物をしたために残ったと記憶せよ』

次いで、周りのご令嬢たちにも同じように魔法をかけた。

『メラニア以外の者たちは、去れ。メラニアは、余について参れ』

メラニアも含め、その場にいる全員が私の言葉に従う。

私は適当な部屋にメラニアを連れ込んだ。

「『余の質問に、全て正直に答えよ』……其方の父親が、魔力持ちを集めているのは何のため？」

「知らないですわ」

私と会うというのに魔法を相殺する側近がいなかったのは、やはり彼女が何も知らないからか。

メラニアの回答に、つい、落胆が隠せない。

「ならば、メラニアよ。其方の屋敷で、魔力持ちの子どもたちを見たことは？」

「ありません」

「他、子どもたちが閉じ込められていそうなところは？　何か、人や物を隠せそうな場所は知らぬか？」

「……屋敷に地下室が、あります」

「……その地下室に行ったことは？」

「ありません」

「では、話を変えよう。そのルビーのネックレスはどうした？」

「お父様がくださったの」

「では、メラニア。其方の父親は、誰とよく会い、誰とよく手紙を交わしている？」

「会っているのは……領官の方と、父の側近たち。それから、アドコック伯爵とスコット伯爵と……あとはカメオ商会の方たちにも会っているかしら。手紙は……会っている方とよくやり取りされているみたい。それから、セルデン共和国の方ともよくやり取りをしているみたいね」

ああ、やっと聞きたい話が出てきた。

「……何故セルデン共和国と連絡を取っているか、其方《そなた》の父親は何と言っている？　どんな内容のやり取りをしている？」

「スレイド侯爵領に安寧をもたらすためには、国交がなくとも隣国と連絡を取り合うことは必要だと言っていました。手紙の内容は……流石に教えてくださいませんので、知りません。ですが、お父様の努力は実り、随分と親しくさせていただいているのですよ？　このルビーも、元はセルデン共和国から贈られたものと伺っています」

……やはり手紙の内容までは、彼女も知らないか。

とは言え、ルビーがセルデン共和国のものだということが確定したのは大きい。

「そうか……『もう、良い。其方は忘れていた扇を持って、帰れ。余と話したことは、忘れよ』」

メラニアは、私の言葉通りにそのまま何事もなかったかのように去って行った。

「……聞いていたな、トミー」

私は誰もいないところに向かって、呟く。瞬間、その場にトミーが現れた。

「はい、バッチリ」

「……スレイド侯爵領に、不自然に子どもたちが増えた痕跡《こんせき》はなかったのだな？」

「ええ。まさかと思いますが、ルクセリア様は……」

「セルデン共和国に魔力持ちの子どもたちを送り込んでいるのではないか？　屋敷にもいない、領地にもいないとなると……その可能性が高い」

「商品として送り込まれるまでの間は、地下室に監禁しておけば誰の目にも触れない。……そういうことですね？」

「ああ。そして魔力持ちの子どもたちの対価として、金やらルビーやらを貰っていると考えられる」

「……屑《くず》ですね」

「ああ。……セルデン共和国とエトワールの調べを強化せよ」

「セルデン共和国には既に何名か潜らせています。彼らに今回新たに判明したことを伝えておきます」

「うむ、任せた」

トミーが部屋から去った後、私も自室に戻る。

「本日は、お疲れ様でした。ルクセリア様」

アリシアの出迎えに緊張の糸が途切れると共に、力が抜けた。

深呼吸をしてから、カウチに深く腰掛ける。

「ありがとう、アリシア。貴女《あなた》も、今日はお疲れ様」

「いえいえ。無事、最後までいられて良かったです。何だか、今日はご令嬢たちが大人しかったですね」

「あら、アリシアもそう感じた？　実は、私も」

「やっと、ルクセリア様の素晴らしさを皆も分かったようで、嬉《うれ》しいです」

アリシアの感想に、思わず笑みが漏れる。

「……と、言うよりも。最初から喧嘩《けんか》を売るべきではなかったのよ。誰に喧嘩を売っているのか自覚もなく、喧嘩を買われる覚悟もないのに、ね」

私の小さな呟きに、アリシアは首を傾《かし》げていた。

「何でもないわ。それより、アリシア。少し、甘いものを持ってきてもらえない？　折角の茶会だったのに、何も食べられなかったから」

「畏《かしこ》まりました！　すぐに、お持ちしますね」

「ええ。お願い」

記憶をなくしても、変わらぬ笑みを浮かべるアリシアを見送りながら、私は襲い来る目眩《めまい》と戦う。

……段々と症状が悪化している気がする。

今日、魔法を使ったのは数度だけ。

それでも立っていられない程の、激しい目眩が襲っていた。

自分でも、分かっている。この目眩の原因は、魔力回路が壊れているせい。

魔法を使い続ける限り症状は悪化し続け、治ることは決してないと。

……けれども、それでも。

それでも、私は自分の魔力を使うことは止《や》めない。復讐《ふくしゅう》劇に、必要な限り。

……お願い。

お願いだから、もう少しだけ保《も》って。

全てが終わったら、後はどうなっても良いから。

そう言い聞かせながら、私は呼吸を整えるべく息を吸った。

何度か深呼吸を繰り返して息が整ったところで、私は隠された階段を下り続けた先にある、閉ざされた部屋に向かった。

そこに向かう途中、私は酷い目眩を感じて思わず壁に体を預ける。

……ズルズルとその場で蹲《うずくま》り、再び痛みが治まるのを待った。

そして痛みが遠のいていくと、苦笑しつつ私は立ち上がり、部屋に向かった。

扉を開けると、ポツンと中央にベッドがある。

そしてそこにいるのは、宝剣の力で眠り続けているヴィルヘルム。

戴冠式で刺殺したように見せかけて、私は彼をここに匿《かくま》っていた。

私は、ベッドの横の椅子に腰かける。

……アリシアが毎日整えてくれているおかげで、部屋の中は綺麗《きれい》な状態だ。

「どうやら、スレイド侯爵家は他国に民を売りつけていたようよ。ウェストンも、ベックフォードも同罪ね。自領の民を、他国に売りつけるなんて……本当、最低。もしかして、私が何もしなかったとしても、いずれ民が蜂起したかもしれないわね」

私は答えない彼に向かって、今日あったことを伝える。

「トミーは、本当よくやってくれている。勿論、ギルバートもね。……彼らがいなかったら、私は復讐劇を完遂できなかったかも」

それが、日課になっていた。

「何より嬉しいのは二人の元にいる部下たちの成長ぶりかしら。この前なんてね、監査に関する新体制、こっちの主張をまるっと通したのよ。てっきりギルバートが表立って動いたのかと思えば、その前段階で、彼の部下が各所に話をつけていたのですって。屑籠《くずかご》に自分の提案を棄《す》てられて、縮こまっていた彼らが嘘のよう」

私は、そっと彼の手を握った。

「……何時《いつ》になったら、貴方《あなた》を目覚めさせることができるのかしらね」

……冷たくも温かくもない、無機質な何かに触れている感触。

それは、宝剣の作用で彼の時が止まっている証だった。

あと一年、二年、三年と時が経《た》てば経つほど、見た目に私との年の差が如実に現れてくる。

それが嫌だと叫ぶ声が心にあるけれども、それでも起こす訳にはいかない。

まだ、ダメ。

まだ、五大侯爵家との決着が付いていないから。

今の状態で起こし、彼を解放してしまえば……元《もと》の木阿弥《もくあみ》。

こうして匿っていることが、無意味になる。

ラダフォード侯爵家の血を引く彼と、敵対しなければならない。

たとえ私と彼にその意思がなくとも、私たちの血を利用しようと群がる人たちの手によって。

「……また、来るわ」

だから、私は今日も彼の胸に突き刺さる宝剣を抜かない。

どれだけ、そうしたいと願っても。

その日は、雨が降っていた。

窓から見る空模様は曇天で、まるで私の心の内のようだと思った。

「待っていたぞ、ゴドフリー」

部屋に入って来たのは、魔法師団長のゴドフリー。

最初に宝剣を出して倒れた時以来、定期的に私の体を診てもらっている。

「お待たせ致しました」

『さて、余の体を診察してくれ』

魔法で指示を出してからすぐに、ゴドフリーは私の手首を掴《つか》み魔力を流した。

「……どうか？」

「即刻、療養なさるべきです」

私の問いに、彼は間髪を容《い》れずに答えた。

静まり返った室内に、彼のその言葉が響く。

まるで睨《にら》んでいるかのように見つめる彼の真剣な視線に、私は逆に可笑《おか》しくなって笑った。

「無理だ」

「貴女様の御体は、限界に近い。魔力回路が壊れているせいで魔力が暴走し、体内の組織が悉《ことごと》く崩壊しているのですよ」

傍に控えていたフリージアが、小さく『ヒッ』と悲鳴を上げて私に視線を向けていた。

それは彼の気迫を恐れてというよりも、私の体の状態を心配してのことだろう。

「そう騒ぐでない。……療養したところで、余の体調はよくなるのか？」

「それは……っ」

私の問いかけに、彼は俯《うつむ》いた。

僅《わず》かに見える彼の表情には、隠しきれない程の悔しさが滲《にじ》んでいる。

「生憎《あいにく》と、余はやらねばならぬことがある。療養したところで命の刻限が変わらぬのであれば、残された時を惜しむべきであろう？」

「しかし陛下……療養し魔力の使用を抑えることができれば、治りはせずとも刻限は延ばすことができるかもしれません。どうか、ご再考を……」

「どれだけ考えたところで、変わらぬ。それで、治療薬は？」

「こちらに。何度も申し上げますが、この治療薬では根本的な治療にはなりません。魔力の暴走を抑え、陛下の急激な体調悪化を抑えるだけの薬です」

「分かっている。……ありがとう、ゴドフリー。『ゴドフリーとフリージアは余の体調のことを忘れよ。それから、ゴドフリー。其方は再び余がこの執務室に呼んだ際は、この薬を同じ量だけ持って来い』」

魔力を載せた言葉に、ゴドフリーとフリージアは虚ろな瞳《ひとみ》をしていた。

けれども拍手をするように手を叩《たた》けば、すぐに二人はいつもの表情に戻る。

「ゴドフリー。其方の魔法師団の訓練に関する話は、非常に有意義であった。また、話を聞かせてくれ」

表面上のお礼に、けれどもゴドフリーは違和感なくそれを受け入れていた。

「ええ、勿論《もちろん》。……それでは、陛下。恐れ入りますが、宝剣をお見せいただけますか？」

「また、か？」

「ええ、またです。是非とも」

ゴドフリーの願い通り、宝剣を出す。

ゴドフリーは、宙に浮いた五つの剣に目を輝かせていた。

「ああ……何て美しい剣でしょう！　陛下、スケッチをするので、そのまま机の上に置いておいてください」

いそいそと懐から紙を取り出すと、真剣にそれを描き写し始めた。

「こうして近づくだけで、ビシビシと魔力の波動が感じられます。ああ……何て、心地良い！」

時折恍惚《こうこつ》とした顔で呟《つぶや》きつつ、それでも手元は一切止めないあたり、最早天晴《もはやあっぱれ》としか言いようがなかった。

知らない人だったら、確実に不審者として通報しているだろう。

それから彼は満足いく模写ができたのか、大事そうに紙を懐に戻すと再び席に座った。

「ありがとうございました、陛下。本日も素晴らしい魔力ですね。それでは、御前《ごぜん》失礼致します」

嵐のように去って行ったゴドフリーの背を、フリージアは呆然《ぼうぜん》と見送っていた。

「ゴドフリーさんは、いつもあんな感じなのでしょうか？」

「ああ……其方、ゴドフリーがああなった時を見たことがないのか」

「ええ。いつも陛下と魔法師団の運用についてお話をされているところしか……」

それは、『心域《しんいき》』の暗示で刷り込まれた記憶だ。

フリージアが傍にいる時彼を呼んでいるのは、いつも魔力回路の治療と診断のためだ。

何せ、アリシアには、私の『心域』が通用しない。

一度命を失いかけてから魔法こそ使えなくなったけれども、今尚私の魔法を撥《は》ねのける程の強力な魔力を彼女は持っているからだ。

それ故、治療の際に彼女が側にいると、私の体調を隠すことができなくなってしまう。

だから、アリシアが傍にいる時は絶対にゴドフリーを治療目的で呼び出せないのだ。

「そうか……アリシアとのやり取りは、見物だぞ？　『ルクセリア様は政務で疲れているのですから、後日にしてください』と叫んで止めるアリシアに対して、ゴドフリーは『私の魔法への熱い思いは、貴女如きには止められません』とか訳の分からない言葉を叫んで、アリシアの妨害を突破しようと走って来る場面は」

私の言葉に、フリージアは深々と息を吐いた。

「……同僚の無礼、同僚に代わり謝罪申し上げます」

「良い。最近じゃあ面白くて楽しみにしている」

「左様ですか。……それにしても、ゴドフリー様は魔法師団長なのですよね？」

「栄誉ある魔法師団長にしては、威厳も何もないと？」

「いえ、そこまでは……」

フリージアは慌てたように手を自身の前で横にぶんぶんと振っていた。

「構わぬ。ここには、余と其方《そなた》だけよ。……ああも飛び抜けた魔法馬鹿だからこそ、あの若さで魔法師団長まで上り詰めたのであろうな」

「ああ……なるほど。こう申しては失礼かもしれませんが、婚礼式でゴドフリー様が言葉に詰まっていたり、時折体を震わせていたのは……」

「宝剣が五つ揃《そろ》って現れた光景に、興奮して叫びそうになっていたのだと」

怖がられているのかなと思っていたのに、まさかその後、宝剣を見せて欲しいと押しかけられるとは思ってもみなかった。

予想外過ぎて暫く呆《ほう》けてしまったのは、今となっては良い思い出。

一度見ただけでは飽き足らず、今尚忙しい筈《はず》なのに合間を縫っては押しかけて宝剣を観察している。

「……左様ですか」

フリージアは、遠い目をして頷《うなず》いていた。

色々思うこともあるだろうに、一切表情に感情が浮かんでいない。

……五大侯爵家のご令嬢方よりもずっと、表情を覆い隠すという点で彼女は上に立つ者らしいかもしれない。

「どうかされましたか？」

あまりにもマジマジと見過ぎたせいか、フリージアが問いかけてきた。

「ああ……すまぬ、ぼんやりしていた。一人になりたい故、其方も暫く下がってくれないか？」

「畏《かしこ》まりました」
そしてフリージアが退出した後、私は隠し部屋へと向かった。

嫌な、夢を見た。
『……不気味な子』
『陛下もお可哀想《かわいそう》に』
『嫌だ、こっちを見たわ。早く逃げなきゃ』
『なんでこんな子が、生まれてきたの？』
『『早く消えてくれれば良いのに』』
ずっと私に向けられていた、心の声。
口から出ない秘められたそれだからこそ、容赦のない言葉だった。
言われ慣れたつもりだった。
仕方ない、そう思おうと自分に言い聞かせていた。
お父様とお母様からそんな心の声が出ないだけで、十分幸せだと。
でも、ダメだった。
慣れても、傷つかない訳じゃない。

……こんな力、欲しくなかった。
……これ以上、傷つきたくなかった。
暗闇の中、幼い私が泣いていた。
傷だらけで、あちらこちらから血を流しながら。
そして急に、場面が変わる。
見たことがないはずの光景。
幼いアリシアが、血溜《ちだ》まりの中、呆然としていた。
その紅の中に、数人が横たわっている。
……ああ、そうか。
これはきっと、彼女が魔力を暴走させた時の光景のイメージだ。
きっと、苦しかっただろう。
痛かっただろう……心が。
わなわなと震える手で顔を覆いながら、アリシアは泣いていた。
また、場面が変わった。
見たことがない筈《はず》の、光景。
幼い男の子が、家族とともども魔力のせいで迫害されるそれ。
幼い女の子が、家族に魔力のせいで虐げられるそれ。
皆が、泣いていた。呪っていた。

魔力を持つ、自分を。

魔力持ちを迫害する、他者を。

そして祈っていた。

他者を傷つけない、世界を。

ああ……本当に、嫌な夢。

理想とは程遠い、冷たいこの世界に、ただ胸が痛んだ。


魘《うな》されたおかげで、自然と目が覚めた。

水差しからグラスに水を入れ、ゴドフリーから貰《もら》った薬を飲んだ。

そうして暫く休んでいると、少しだけ体調が良くなった気がする。

「……ルクセリア様」

誰もいなかった筈の場所に、トミーが現れた。

「どうした？　トミー」

「……子どもたちの行方《ゆくえ》の件、調査が完了しましたので、ご報告に参りました」

「おや、随分と早かったたな」

「前々から陛下のご指示で複数人をセルデン共和国に潜らせていますから。ホラ、前に魔法研究所のことも、報告したでしょう？」

「ああ……あの、気分が悪くなる報告な。魔力持ちの人としての尊厳も権利も何もかも踏みにじったようなやり方……」

私の言葉が、止まった。けれども、トミーはそれで私の意図を察したらしい。

暗い表情のまま、私の言葉を引き継ぐ形で口を開く。

「……そうです。魔法研究所で研究・実験を施されていた被験者は……この国で、攫《さら》われた子どもたちです」

ガシャン……ッ！　私は思わず、持っていたグラスを床に叩きつけていた。

「どうされましたかっ⁉」

部屋の外に控えていた護衛騎士が、血相を変えて中に入る。

けれども、私を見て一層血の気を失ったようだった。

……怒りのあまり、魔力を暴走させ宝剣を出していた私の姿に。

「……何でもない。其方たちは、下がって良い」

そんな彼らの様子を見て、私は少しだけ落ち着きを取り戻す。

『ハワードとアーサーは、この部屋の出来事を何も見ていない。グラスが割れる音も何も聞いていない。部屋を出れば、全てを忘れる』

そう呟くと、彼らは虚ろな目をしたまま部屋から出て行った。

「すまぬ。取り乱した」

「いえ……仕方のないことかと」

私は重く息を吐くと、再びカウチに腰かける。

「やはり、敵国と通じていたか。これで、ベックフォード侯爵家とスレイド侯爵家も終わりだな」

「敵国ではなく、仮想敵国ですが」

「どちらでも良い。そのような国に自領の民を、売り飛ばすなど……正気の沙汰《さた》ではない」

「スレイド侯爵家は、自領の民を売り飛ばしてはいませんよ。単に、仲介をしていただけですから。ベックフォード侯爵家の子飼いにウェストン侯爵領より人を攫ってきてもらい、それを売り飛ばす……てね。スレイド侯爵からしたら、楽な商売ですよね。何もせずとも商品が目の前にやって来て、それを取引先に渡せば良いだけですから」

「ああ……それもそうか。……それにしても、想定していた以上に、早々と復讐《ふくしゅう》劇も山場を迎えそうだな」

「そうですね。力押しも裏工作も、最早必要ない。そんなことをせずとも、大義名分がありますから」

「うむ。だが、これはこれで良い。ジワジワと一つずつ詰めようと思っていたが……目障りなものを一掃できるからな。……その時、五大侯爵家は、終わりだ」

「はい」

「……分かっていると思うが、裏工作で動いていた密偵たちは現時刻を以《も》ってその任を解く。代わりに、この件の調査に全力で当たれ」

「畏まりました」

「ああ……それと、秘密裏にアーロン国軍団長と会いたい」

「手配しておきます」

未《ま》だ、外では雨が降っていた。雨音が、静かな室内に何時《いつ》までも響き渡っていた。


コツン、コツン。

アリシアは、隠し部屋に続く階段を下りていた。

そして部屋に到着すると、すぐに部屋の清掃を開始する。

隠し部屋の中を清潔な状態に保つことは、彼女の主人であるルクセリアに言い渡された、大切な役目だからだ。

ふと、手を止めヴィルヘルムを見る。

「……いつまで、眠り続けさせるつもりなのでしょうか」

ヴィルヘルムに対して、彼女はあまり良い印象を持っていなかった。

それは、彼がルクセリアの気持ちを踏《ふ》み躙《にじ》り続けたからだ。

ルクセリアとヴィルヘルムの婚約は、政略によるもの……いくらルクセリアが彼に好意を持っていたとしても、婚約によって気持ちまで縛ることはできないということはアリシアも理解している。

けれどもだからといって、浮名を流すことは誠意のない振る舞いだ。

ルクセリアは何でもないと笑みを浮かべ続けていたが、どれだけ傷ついていたことか。

たとえ浮名を流すことに何らか止《や》むに止まれぬ理由があったとしても、ルクセリアに忠誠を捧《ささ》げているアリシアにとってヴィルヘルムの存在は許し難いものだった。

こうしてルクセリアがわざわざ彼を匿《かくま》うのも、正直なところ理解できない。

「……宝剣の力を使い続ければ、ルクセリア様の負担になるというのに……」

ポツリ、呟く。

宝剣の力は、莫大《ばくだい》な魔力を費やして発動する。

彼に突き刺さったそれは、愛の宝剣。

宝剣の持ち主を愛し、また宝剣の持ち主から愛される者を守る力がある。

それ故、刃は確かに彼の胸に突き刺さっているにも拘わらず、彼は眠っているだけ。

けれどもこの状態を保つためには、常時ルクセリアは莫大な魔力を消費し続けている。

それは彼女にとって、かなりの負担になっている筈だ。

「……あれ。私、何でそんなことを知っているんだろう？」

ふらり、視界が歪《ゆが》んだ気がして彼女は手で額を押さえる。

……そうだ、聞いたんだ。

愛の宝剣の力は、ルクセリアに。

……ならば何故《なぜ》、莫大な魔力を消費し続けることを、知っている？

……彼を見れば、分かる。

か細くもルクセリアと繋《つな》がる不可視の管のような線が存在し、強大な魔力が流れ込んでいた。

それは、私の中にあるそれと同じ……。

あれ、私の中にある？　何が？

美しくて、恐ろしい剣。

あの、五つの力……彼女を蝕《むしば》むであろう……。

……何、これ。

頭の中に、変な映像が浮かぶ。

……倒れたアリシアの上に現れる、恐ろしい力の塊。

ルクセリアが、身を削るように血を流しながら使い続けるそれ。

……そうだ、あれは恐ろしいモノ。

彼女の身を削り、苦しめるそれ。

見たことがない筈の映像が、途切れ途切れ頭を掠《かす》める。

割れるように、頭が痛かった。

そのまま、彼女は倒れ込んだ。

「……泣かないで」

痛みに顔を歪めながら、それでもつい、映像に現れたルクセリアに向けて呟《つぶや》く。

泣きそうな、それでいて苦しそうな表情を浮かべていたから。

……守らなくて良い、守りたい。

何故、何もできないのだろうか。

そんな表情、させたくないのに。

何を、忘れているのだろうか。

次々と浮かぶ疑問を纏《まと》められないまま、彼女は意識を手放した。


アーロン国軍団長との会談はすぐに叶《かな》った。

「……公式の場以外で会うのは久しいな。アーロン」

昨日とはうって変わって、空は快晴。

私はテラス席に座り、アーロンは私の護衛を務めているかのように背後に立ったままの状態だ。

アリシアの淹《い》れたお茶とお菓子を味わいつつ、私は背後の彼に声をかける。

アリシアといえば、昨日隠し部屋で倒れていたから休むように言ったのに……大丈夫の一点張りで、結局いつも通り働いている。

「ええ。……このアーロン、陛下に忘れられていないようで安堵《あんど》致しました」

アーロンの顔は見えないが……笑っていると分かるその声色に、私も笑みを漏らした。

「冗談を。其方の働きぶりを知って尚、其方を忘れることなどできはせぬ。……さて、余はそんな有能な其方に頼みがある」

私の一言に、彼の纏う雰囲気が一瞬にして変わる。

チリチリと突き刺さる刃のようなそれに、私は思わず笑みを深めた。

「陛下の命とあれば」

「では、其方の目から見て有能な者たちを十名選抜せよ。その者たちには、余の護衛として一週間後の外出に付き合ってもらうぞ」

「外出とは……一体、どちらに？」

「人攫いたちによる舞台の鑑賞に、だ」

「は……はあ？」

困惑しきった返事に、思わず声を出して笑った。

「もう少し言うと、お忍びでその舞台を鑑賞した後、奴らを捕まえる愉快な街歩きだ。お忍び故、目立たぬようにしたい。けれどもその一方で、相手が少しばかり物騒な連中でな……それで、其方《そなた》の有能な部下たちに護衛兼捕縛の手伝いをしてもらおうかと」

「は……否、私が気になるのは、何故危険を犯してまで陛下が自ら動こうとしていらっしゃるかです」

「まあ、彼らの舞台が見たいというのはある……前々から、随分と評判が良くてな」

「……陛下？」

ギロリと睨《にら》まれたような気がして、私は肩を竦《すく》めつつ再び口を開く。

「半分は冗談。けれども、半分は本気だ。……純粋に、興味が湧いたのだ。彼らが何故人攫いをしているのか、侯爵家の駒となったのか……。それ故、直接この目で見て言葉を交わし……可能であれば、余の駒として迎え入れたい。それでは、ダメか？」

「ならば、捕まえた後にでも……」

「それに今回の件は、秘密裏に、なるべく早く済ませたい。……であれば、余が直接現地に赴き、指揮を執ることが最適であろう」

「……承知致しました。選《え》りすぐりの十名を、陛下のもとに」

「うむ、頼んだ。……可能であれば、ラダフォード侯爵家遠征に行った者の中から選んでくれ」

「ええ、私もそうしようと思っていました。機密性の高い案件であれば、やはりあの百名が最も信頼できますので」

「ならば、良い」

私は自然と上がる口角を押さえつつ、お茶で咽《のど》を潤す。

「……貴重な時間を頂戴《ちょうだい》したこと、感謝する。また、余の訓練に付き合ってくれ」

「ええ、勿論《もちろん》です。……一つ、宜しいでしょうか？」

続きを促すように、首を縦に振った。

「我ら国軍は、陛下の盾であり鉾《ほこ》。陛下の御身をお守りするとあれば……否、陛下のお望みとあれば、他の何を置いても馳《は》せ参《さん》じることこそが役目。故に……」

唐突に、彼の言葉が止まった。どうしたのだろうと、立ち上がりざま後ろを振り返る。

「『頼み』などと仰《おつしや》らないでください。ただ一言、『命じる』と仰っていただければ、我《われ》らはどこまでも付いて行きます。これから先も、ずっと……それを忘れないでください」

そう言って、彼は微笑《ほほえ》んだ。その笑顔が、無性に眩《まぶ》しく感じられた。

「……言葉が過ぎたかもしれません。ですが、陛下は独り先に行ってしまいそうでしたので」

「……そんなこと、ない。其方たちの存在を、余は心強く思っている。だがそれを表に出せていないのだとしたら、それは余の落ち度。其方の言葉は、余の胸にしかと刻み込んでおこう」

正直、嬉《うれ》しかった。

……打算ではなく、素直に私を案じるアーロンの言葉が。

だからこそ、私は彼に言葉を返す。

そして、そのままその場を去ったのだった。


多くの人で賑《にぎ》わう王都。

……国の中心地というだけあって、ありとあらゆる物がこの王都に集まり、そして各地へと拡散されていく。

婚礼式が中止となり一時は騒がしくなったものの、今は落ち着きを取り戻しつつあった。

おかげで、未だに多くの人が行き交っている。

「……素敵。素敵ね」

その光景に胸がいっぱいになって、思わずそう呟いた。

実はこれで、人生二度目の外出。

一度目はアリシア救出の時だったから、正直あまり街のことは覚えていない。

「どうしました？　ルクセリア様」

隣に控えていたトミーが、私の言葉に反応を示す。

「人の流れが止まった街の命は、風前の灯に同じ。だから、これだけ多くの人が集まり、行き交う様を見て……素敵だな、と」

「左様ですか……」

その感想に、トミーは柔らかい笑みを浮かべていた。

「あっ！　あの店は何⁉　……あっちの店は⁉」

こうして街に出てみると、いかに自分が狭い世界に生きていたのかが良く分かる。

私にとって、城の外の世界は文字だけでできていた。

でも、こうして自分の目で実際に見てみると……ここに生きている人たちは、文字なんかじゃない。

あの文字は、一人一人が懸命に生きていたその記録なのだ。

……全てを失ったあの日に決別した、優しい世界が目の前にあるような気がして、少しだけ心が温かくなった心地がした。

「……ルクセリア様。そろそろ、開幕の時間です」

街歩きに夢中になっている間に、随分と時間が経《た》っていたらしい。

苦笑を浮かべるトミーの表情を見て、はしゃぎ過ぎたと反省しつつ、私は見世物小屋に向かった。

見世物小屋に近づくごとに、興奮が冷めていく。

それは、まるでサーカスのようなテントだった。

「……トミー。二名ずつ、この小屋の出入り口で見張らせろ。関係者を、一人も逃すな。残りは、余と共に中に入るよう指示を出せ」

小声で呟いた言葉をトミーは正確に聞き取り、そして動き出す。

十人かつ私服姿とはいえ、ぞろぞろと軍人を引き連れて歩く訳にはいかない。

それ故、彼らには少し離れたところで待機してもらっていた。

そんな彼らに向かって、トミーは『振動』で私の指示を伝えている。

国の端から端は無理でも、目に届く範囲であれば声を伝えることができるのだとか。

彼らが指示通り動き始めたのを確認した後、私もまたテントの中に入って行く。

大きなテントの中には、中央に円柱形の舞台が設置されていて、その周りに幾つもの木製ベンチが並んでいた。

適当な場所に腰をかけると、静かに舞台の幕が開くのを待った。

やがて、開幕のベルと共に舞台が始まる。

……舞台は、評判通り素晴らしいものだった。

例えば、可愛《かわい》らしい女の子の綱渡り。

途中から魔法で幻を見せたのか、星空を背景に女の子が軽やかに歩き回る様はとても幻想的だった。

他にも、コミカルなピエロの劇や美しい女性の剣舞、投擲《とうてき》等々そのどれもが見事に魔法を組み合わせており、十分な見ごたえだった。

閉幕後、多くの人が満足気にテントを去って行く。

共に中に入っていた軍人たちは、人込みに紛れて出ていくように見せかけ、テント内の死角に身を潜ませた。

「……あのー、お客様。恐れ入りますが、本日の舞台は終了していまして」

閉幕後も動かない私に対して、エトワールの関係者と思《おぼ》しき男が遠慮がちに話しかけてきた。

「まあ、すみません。あまりにも素晴らしい舞台だったので、つい、感動に浸ってしまったようですわ」

「それは光栄です」

「もし宜しければ、皆さんに会わせていただけませんか？　この感動を是非とも直接お伝えしたくって」

「……大変申し訳ございませんが、団員たちは裏で片付けをしておりまして……」

「あら、それは残念。でも、諦《あきら》めきれないわ。だから……ねえ？　『エトワールの関係者を、舞台に集めなさい』」

魔力を込めて囁《ささや》いた瞬間、男の瞳《ひとみ》が虚ろになった。

けれどもそれは本当に一瞬のことで、すぐに彼は人の良い笑みを浮かべる。

「分かりました。関係者を全員、ですね？」

「ええ。お願いしますね」

男が私の指示に従うべく去って行くその背を、笑顔で見送った。

『相変わらず、便利な能力ですね』

男が去ったと同時に、耳元で声がした。

……離れたところで待機しているトミーの声だ。

『振動』を使って、私に声を飛ばしたのだろう。

『其方の魔法もな。……このテント、其方の魔法で覆ったか？』

『はい。外には一切音が漏れないようになっています』

私の声もちゃんと拾えているらしく、しっかりと答えが返ってきた。

『ご苦労。そのまま、その場で待機せよ』

『畏《かしこ》まりました』

そうこうしている間に、団員たちが舞台の上に集まりつつあった。

連絡役の男は随分と強引に集めてきたらしく、皆不満を露わにしている。

「おい、そろそろ説明してくれよ。至急で全員集まれだなんて、一体何があったんだよ」

勿論、連絡役の男はその問いに答えることができない。

私が『心域《しんいき》』を使って伝えた指示は、ただ彼らをこの場所に集めることだけだからだ。

『ルクセリア様。確かに全員揃《そろ》っています』

『分かった』

トミーの言葉を合図に、私はその場で拍手をする。

混乱した空気を裂くようなその拍手は、とてもよく響いた。

一人、また一人と私の方へと振り向く。

「……すいません、お客様。本日は既に公演を終了していまして」

「あら？　よく知っているわ。とても素晴らしい公演だったから、皆に敬意を払いたいと思ったの」

「それは光栄です」

団員たちは困惑しているようだったけれども、その内の一人がにこやかに答えた。

「是非とも、皆に教えてもらいたいわ。……普段、どのように練習をしているのかを」

私の問いかけに、ますます団員たちは困惑の色を表情に滲《にじ》ませる。

「一体どのようにして、手際良く子どもたちを攫《さら》っているのかしら？」

けれども、その言葉は決定的だった。

団員たちは固まり、まるで息をすることすら忘れているようだ。

そして一番に動き出したのは、剣舞を舞っていた麗しい女性。

彼女が手を翳《かざ》すと、幾つもの剣が私に向かって飛んできた。

……彼女もまた、魔力持ちか。

「アニータ！」

「早く、逃げるわよ！」

必死な声色に、つい笑ってしまう。

「残念だ……本当に、残念だ」

私の呟《つぶや》きに、アニータと呼ばれた美女が再びこちらを振り向いた。

彼女の顔に浮かんでいたのは、驚愕《きょうがく》。

……何せ、私はかすり傷一つ負わずにその場に座り続けていたのだから。

彼女の攻撃は全て、私の周りに立つ軍人たちの手によって打ち捨てられている。

『舞台の上にいる者たちは全員、その場から動くな。意識は、保て』

「ちょ……っ！　どうして動けないんだ⁉」

あえて意識を残すように指示を出してみたら、効果は覿面《てきめん》だった。

彼らの瞳は虚ろなそれにはならず、ただその場から動けないようだった。

「さて、教えてもらおうか。……其方《そなた》らのような素晴らしき演者が、何故《なぜ》子どもたちを攫っているのかを」

私は一歩ずつ、彼らに近づいて行く。

彼らの瞳には、私への恐れが映っていた。

「其方らは、余の許しがなければ逃げることはおろか動くことも叶《かな》わぬ。……素直に答えた方が、身のためぞ」

けれども、彼らは口を閉ざしたまま。

……恐怖を跳ねのける程の、何か強い意志が彼らの中にあるということだろうか。

私は手を翳して、宝剣を一本出した。

そして手近にいた一人の男を掴《つか》み上げ、その宝剣を男の首元に当てた。

「そこの女……答えろ。余の問いに答えねば、この男を切る」

「無視しろ、ユーミス！　俺のことは、気にするな！」

捕らえられた男は、勇敢にも答えないことを選ばせようとしている。

ユーミスと呼ばれた少女は恐れや怒り、迷いを混ぜたような瞳で私と男を見ていた。

そんな彼女に決断を迫るように、剣を持つ手に力を込める。

「ヒッ！」

あちらこちらから、悲鳴が起こった。

……けれども彼らは、最後まで口を閉ざしたままだった。

決意は固い……か。

私は内心溜息《ためいき》を吐《つ》きつつ、脅すことを諦めて剣を下ろす。

「……そんなに、金が必要だったのか？」

冷ややかな問いに、誰もが怒りの感情を顔に浮かべていた。

「そうであろう？　このように見世物小屋で成功しておきながら、人攫いに手を染めるなど……そうとしか考えられぬ」

「……何も知らないクセに！」

激昂《げきこう》したアニータが、私に怒りをぶつける。

「知らぬから聞いている。……尤《もっと》も、どのような理由があれ、攫われた子らが受けている痛みを考えれば、其方らをこの剣で何十回、何百回斬りつけたとしても到底余の怒りは収まらぬ」

そう言いながら、彼らを睨《にら》みつけた。

その睨みに、彼らは一瞬怯《ひる》んだ。

「……それでも、こうして聞いているのだ。何故魔力持ちの子らをセルデン共和国の魔法研究所に売り飛ばす片棒を担いでいるのかと。……同じ魔力持ちが、団員の中にいるというのに」

「……セルデン、共和国？」

男が、呆然《ぼうぜん》と聞き返した。

彼の反応に、私の方こそ一瞬戸惑った。

可能性の一つとしては、考えていた。

けれども、ありえない、あって欲しくないと思っていたそれ。

まさか……まさか。

「まさか……知らなかったというのか？　其方らが攫った子らが今、セルデン共和国の魔法研究所に捕らえられていることを。……人として扱われず、繰り返し実験を受けていることを」

「嘘だ！」

私の問いに男は、激昂した。

「嘘など、言わん」

けれども私は、敢えて努めて冷静に応える。

「嘘だ、嘘だ、嘘だ……っ！　だって、カール様は魔力持ちの子を救うためにって……」

ベックフォード侯爵の側近か。

……トミーの報告では、実質ベックフォード侯爵家の全てを采配《さいはい》している人物。

出てきたその男の名に、思わず舌打ちをしそうになる。

……大方、彼らを騙《だま》して実行犯に仕立て上げたというところか。

本当に……最低な男だ。

「カールが何処《どこ》まで知っているかは、分からぬ。けれども法外な金額を受け取っていることから、まともな取引ではないことぐらい、あの男なら察しているであろう」

「ベン……！　騙されないで！　この女が、嘘を言っているかもしれないじゃない！」

「嘘など言わん、と言った筈《はず》だ」

そう呟きつつ、今度は全ての宝剣を私の周りに展開する。

……瞬間、時が止まった。

目の前にいた彼らは、誰もが目を見開いている。

まるで、その状況を見逃さんと言わんばかりに。

彼らの過剰とも言える動揺した様子に、今度は私の方こそが動きが止まってしまう。

……う、嘘だ。

何だよ、あの魔力の塊……。

……あの五本の剣、あれが……お伽話《とぎばなし》に出てくる宝剣？

そんな囁きのような声が、私の耳に入ってくる。

その言葉に、私は笑った。

彼らの恐怖や衝撃を思い起こさせ、更に彼らを追い詰めるために。

「……余の名は、ルクセリア・フォン・アスカリード。この国、アスカリード連邦国の当代王。……この宝剣は、その証」

誰もが驚愕に目を見開き、体を震わせていた。

「余の魔法を使えば……この宝剣を使えば、余は其方たちの意思など関係なく聞き出すことができた。けれどもそうしなかったのは、其方たち自身の言葉を、確《しか》とこの耳で聞きたかった故。余はこの場で嘘を言っていないことを、この宝剣に誓おう」

そう言いつつ、誠実の宝剣を手に取り柄に口付けた。

「……さて、教えてもらおうか。何故、余の大切な民を苦しめることに加担していたのかを」

私の問いかけに、けれども誰も答えない。

突然投げかけられた真実を前に絶望し、現実から目を背けているようだった。

「そんな……わ、私たちは一体、何のために……っ」

重苦しい空気の中、ユーミスの呟きがやけに響く。

彼女のその頬には、両目から溢《あふ》れる涙が伝っていた。

「……もう一度だけ、聞こうか。其方たちは、何故このようなことをした？」

「……す、救ってくれるって言ったんです……！　魔力持ちの子たちを」

嗚咽《おえつ》を漏らしながらも、ユーミスは答える。

「救う？」

「ル……ルクセリア様はお気づきかもしれねぇ……しれないですが、俺たちは全員魔力持ちです。でも、全員がここに来たくて来た訳じゃない。俺は……魔力持ちだって、親に捨てられた。そこにいるユーミスは、家族に暴力を受けていた。……アニータは」

泣いて言葉が繋《つな》がらないユーミスの代わりに、ベンと呼ばれた青年が言葉を引き継ぐ。

「……私は魔力を暴走させてしまって、私だけでなく家族をも村八分にされた。最終的に、お父さんとお母さんは村の人たちに殺されたようなものです」

「……他の団員たちも、皆、似たり寄ったりです。それで、俺たちは……魔力持ちでも、いや、魔力持ちだからこその特技を活かして生きていけるようにこのエトワールを作ったんです」

彼の言葉に、嘘はない。

「やっと商売が軌道に乗って。それで、色んな町や村を回ったんです。なるべく、娯楽の少ないところで、皆に楽しんでもらいたいって……田舎《いなか》の出が多いんで」

彼の言葉に反応するかのように、聞いていた団員たちの誰もが、今尚まるで苦しみに耐えているように心の中で泣き叫んでいた。

「……でも、そこで俺たちが見たのは、俺たちと似たような子どもたちだったんだ。始めは、この団で引き取っていた。でも、やっぱりそれには限界があって……それでも、見捨てることなんてできなくて……」

「それで、カールの甘言に乗ってしまったと」

「……カールは、助けてくれるって言ったんだ！　子どもたちに魔力のコントロールを教えて、自分たちで生活できるようにしてくれるって……」

……ある意味、子どもたちに魔力のコントロールを教えてくれはするだろう。

手段を選ばずに、だが。

「それで、カールに子どもたちを預けたと？　何故、カールのことを信頼した？」

「だって……ベックフォード侯爵様のお使いだって……」

これは一概に彼らを責められない。

侯爵というご立派な看板を与えているのは、この国の王なのだから。

……とは言え、だ。

よく調べもせずに、大切な仲間ともいえる存在を預けることは愚かとしか言いようがない。

「其方たちは、何も知らなかった。ただ純粋に、子どもたちを助けたかっただけ。……そうだな？」

私の問いに、彼らは戸惑いながら頷《うなず》く。

「……良い迷惑だ」

私は溜息を吐きつつ、言い捨てた。

「なっ……！」

「そうであろう？　子どもたちを絶望の淵《ふち》に叩《たた》き落《お》としたのは、他ならぬ其方たちなのだから」

「それは……」

「知らなかった？　知らなかったでは、済まされぬであろう。子どもたちを助けると決めたのであれば、最後まで面倒を見るべきだった。中途半端な手助けなど、子どもたちにとっても良い迷惑だ」

「見捨てれば良かったというのか⁉」

私の勢いに負けじと、叫ぶ。

「結果的には、そうなったな」

「そんな……っ」

「最後まで、面倒を見れば良かったと言ったであろう？　何故、流された？　何故、考え抜かなかった？　其方たちの決意は尊い……ああ、認めよう。だが、その結果がこれでは、誰も報われぬではないか」

私の叫びに、アニータが立ち上がった。

その光景に、私は驚く。

……あり得ない。

だって、まだ『心域《しんいき》』の効果は続いているというのに。

彼女は『心域』に抗《あらが》ってフラフラになりながらも、一歩一歩着実に私に近づいて来る。

「……っ。虫の良い話ですが、ルクセリア様は子どもたちを助けてくれますか？」

そう泣き叫びながら、アニータは私の前で跪《ひざまず》いた。

「お願いします！　子どもたちを、助けてください！」

「……そう言って、また最後を人任せにするのか？」

「否……私は、ルクセリア様に付いていきます！　貴女様《あなた》が拒否をしようとも付いていきますし、貴女様が望むのであれば、私は貴女様のもとで働きましょう！　貴女様が子どもたちを助けるその時まで、私は貴女様から目を離しません！」

両の目から涙を流しながら、それでも彼女は嗚咽を出さずに叫ぶ。

その気迫は、見ているこちらが圧倒されるほどの熱量。

「そうか……それならば、付いてくるが良い」

「待ってください！　俺も！」「私も！」

次々と、団員たちから声があがる。

最終的には、その場にいる全員が申し出ていた。

「……こんなに見張りを傍に置いておけぬわ。余の見張りはアニータのみとしてくれ。……代わりに、其方《そなた》たちには余の手足となってもらおうか」

私の申し出に、ユーミスが警戒したように問う。

「……どんなことをやるのですか？」

「無理なら無理と言っても構わん。これまでのカールとのやり取りを詳細に教えてくれること、それからカールとの次の面談時には、余の指示に従ってもらうこと。追々、各地を興行で回る際には、その場所の様子を報告してもらうこともあるかもしれん」

「はい……分かりました」

「トミー！」

「はい」

トミーは私の呼びかけに応え、すぐさま私の隣に立った。

「この者が、後々其方たちを訪ねる。その際、カールの件について委細漏らさず伝えよ」

「畏《かしこ》まりましたよ、と」

「とりあえず、今日は帰る。……アニータよ。余のもとに付いてくるのであれば、早く荷物を纏《まと》めろ。余は、外で待っている」

「はい。すぐに支度をしてきます」

それから、私はトミーや中にいた軍人たちと共にテントの外に出た。

「外で待機している者たちに伝えよ。其方たちの働きのおかげで、無事、完了したと。勿論《もちろん》、後々余の口からも直接伝えるが」

歩きながら、トミーに指示を出す。

「それから申し訳ないが、彼らには引き続き出入り口を見張るよう指示を出してくれ。……未《ま》だ、エトワールの者たちを完全に信用する訳にはいかぬからな」

「この時間なら、俺の部下を動かせますよ。……こんなこともあろうかと、少し離れたところに待機させていたんで」

「流石《さすが》だ。……アニータと交代の人員が来るまで、ここで待つか」

「畏まりました。……『それにしても、何故《なぜ》尋問に魔法を使われないのか疑問に思っていたんですけど、彼らを駒とするためだったんですね』」

トミーからの問いかけに、私はとっさに視線を周囲に向ける。

『ああ、大丈夫ですよ。今は俺の魔法で、互いにしか声が聞こえないようにしていますから』

ならば大丈夫か、と私もまた口を開いた。

『……正直、あそこまで上手《うま》く事が運ぶとは思っていなかった』

『へ？　てっきり、計算していたのかと思っていましたけど』

『勿論、カールの件については協力してもらおうと思っていたよ。それが、彼らにとって最低限果たすべきケジメだから。……けれども余の魔法では、自白はさせられたとしても、協力まで強制することは難しい。故に、尋問では魔法を使わなかった』

『お優しいことで。ケジメと言えば、彼らが子どもたちを救出するべきでは？』

『ああ、そうだな。だが、彼らにはそれができぬし、そこまで期待もしていなかった。できることと言えば自発的に協力させることぐらいまでかと思っていたのだが……まさか子どもたちのために、余にその身を預けるとは』

『まあ、彼らにも矜持《きょうじ》があるんでしょう』

『……そうかもしれぬな』

『まあ、それはともかく。エトワールへの罰、どうしますか？　彼らの境遇は同情に値しますが……正直、やり過ぎというのは否めません。攫《さら》われた子どもたちの内九割は、エトワールの団員と似たり寄ったりの境遇でしたが……残り一割は、未だ関係を修復できた可能性もありますから』

『余としては、それだけの子どもたちが魔力持ちとしてこの国で不遇な生活を強いられていることが遺憾だが。……まあ、彼らが過剰に反応していた部分もあったことは事実か』

『そうですね。……それも踏まえて、彼らの処遇をどうするのかなと。正直、ルクセリア様にこき使われる未来を考えたら、それで充分な気もしますが』

『何だか棘《とげ》のある言い方だな』

私の言葉に、トミーは肩を竦《すく》めた。

心当たりが多々ある身としては、これ以上は言えないか。

『……其方の言う通り、余のもとで国のために働かせる。人材を無駄にしておく訳にはいかぬし……死に逃げることも許さん。傷をつけた子らをフォローすることは勿論、やがては同じ境遇の子らを作らぬように尽力してもらう』

『まあ……妥当ですかね。きっと、よく働いてくれますよ』

『だと良いが』

丁度そのタイミングで、アニータと外で待機させていた軍人たちが戻って来た。

「では、王宮に戻るか」

そうして、私の初めてと言える街歩きは幕を閉じたのだった。


街歩きをした翌日。

……前日業務が滞っていたこともあって、幾つもの報告書類と決裁書類が私のもとに舞い込んでいた。

「余の権限を各省長に委譲していく件、どうなった？」

「その件については、昨日法務省より整理が纏まったとの報告がございました。内容を確認したところ、今の陛下の決定権限を各省長に振り分ける一方、陛下はその決定を否認することができるというのが大まかな仕組みです。細かい点は明日、陛下に法務省長より奏上致します」

カリカリと書類にサインをしながら、同時に口を動かす。

……これで、サイン関係の書類は全て終わった。

「……そう言えば、スレイド侯爵家の者たちが領地に帰ったな。今回は、いつもより随分と早い」

ふと、先日改めて設けられた会談の場を思い出して呟《つぶや》く。

五大侯爵家が領地に帰る際には、大抵王族に挨拶《あいさつ》をしてから帰るのが習わしだ。

「確かにそうですね」

「領地を思ってのことと捉《とら》えるべきか、本拠地を長く空けられない程に後ろ暗いことに手を染めていると解釈すべきか……まあ、後者だな」

私は報告書類の山から、一枚取り出す。

「……ラダフォード侯爵領の穀物の出来高は昨年比上がっているが、ベックフォード侯爵家の出来高は下がっているのか。この出来高報告は、監査をさせたものなのか？」

そして、その書類に関しての質問をギルバートに投げかけた。

「はい。それは間違いありません。……その問題の根本的な原因は、ベックフォード侯爵領の税率かと。あの税率では、生産者が税を払えないと土地を捨てることも仕方ないですから」

「うむ……税率は、各領主が定められることとなっているからなあ……」

「はい。現時点で領政に関しては、領主が絶対。陛下を含めこの王宮から、領主が決定したことを覆す権限はございません」

「まあ、それはいずれ変えていく必要があるな」

「と言うより、ラダフォード侯爵領のように王宮の直轄地になれば、その手の悩みは全て解決しますが」

「それも、そうだな。……ならば、近い内に解決するな」

「そういえば、その件で一つ報告が。……農作地を捨てた者たちはどうやら、ベックフォード侯爵領を出て、旧ラダフォード侯爵領に移住しているようです。陛下の直轄地となってから、随分税率を見直したお陰と言うべきでしょうか」

「と言うよりも、奴らの怠慢のお陰ではないか？　……しかし、このまま移住する者が増えたら、税収を維持するために更にベックフォード侯爵は税率を上げるのではないか？」

「ですがそうしてしまうと、更に移住する者が増え、それに対抗するように税率を上げて……という負のスパイラルに陥ります」

「トミーの報告によると、ベックフォード侯爵は今の収入さえ保てれば領民がどうなろうとも良いと考えそうな男なのだと」

「カールとかいう有能な側近もいるらしいのですが……」

カールという言葉に、傍で控えていたアニータがピクリと反応していた。

「……まあ、いざとなれば彼はその泥船から逃げ出せば良いだけの話ですからね。そこまで有能であれば、逃げた後暫く金には困らないよう算段はしているでしょうし。陛下の懸念は尤《もっと》もかと」

「逃げられたら、ダメじゃないか！　すぐに、カールを捕まえよう！」

ついに我慢ができなくなったのか、アニータが口を挟む。

「……アニータ。其方の懸念は尤もだ。だが、少し落ち着け」

けれども、アニータは不満げな様子を隠さない。

「良いか？　其方にとって最も重要なのは？」

「子どもたちの救出」

「そうだ。それと共に、新たな被害者を出さぬよう攫った元凶を叩《たた》き潰《つぶ》すこと」

「だから、カールを……」

「だが、カールも所詮《しょせん》は駒の一つでしかない。その背後にはベックフォード侯爵家だけでなくスレイド侯爵家とウェストン侯爵家もいる。……カールを捕縛している間に、この三家が同時に動いてしまえば、余も危うい」

「でも、じゃあ……」

「勿論、カールを逃す気はない。そのために奴には見張りを付けている」

「そ……そっか」

「余としても、早く子どもたちを助け出したいし、そいつらを叩き潰したい。だが、その方法が重要なのだ。奴らを取り逃さぬよう、そして子どもたちも含めなるべく被害を小さくするために……

皆が全力で情報や証拠を集めている」

「……わ、分かりました」

アニータは、表向きギルバートの部下、裏ではトミーの部下というややこしい任命になっている。

本当はトミーの部下として誘拐事件の解決に専念させたかったのだけれども……トミーの仕事は大半が国内外問わず飛び回るもの。

……それに全て付き合っていたら、彼女は私の側で私を見張ることができなくなってしまう。

という訳で、昼はギルバートの部下かつ連絡役として私の側に居続け、夜はトミーの部下として集まった情報を整理させていた。

余計に多くの仕事を押し付ける狙いは、断じてない。

「……それでは、私は失礼致します」

ギルバートが去った後も、私は仕事を続ける。

「……あの、ルクセリア様」

ギルバートが去ってから、どのくらい時間が経《た》ったのだろうか。

……部屋の隅で書類を整理していたアニータが問いかけてきた。

「どうした？」

「……何時まで仕事をしているんですか？」

「今日の仕事は、もうこれで終わりだ。……ただ、やりたいことがあるから、もう少しここにいるよ」

「やりたいこと？」

「うむ。……皆への指示書を作成しているんだ」

「……指示書って、何？」

「余がいない時に、どう仕事を進めて欲しいかを書いておく書類だ」

口を開きつつも、羽ペンを持った手を動かす。

「はあ……そうですか。それ、本日じゃないと駄目なんですか？　そろそろ休んだ方が良いかと」

「どうせ明日やろうが明後日やろうが、この時間にならないと自由な時間はないだろうからなあ……。眠たかったら、先に眠っていいぞ？」

「……それじゃ、見張りにならないじゃないですか」

「とは言え、昨日もそうしたじゃないか」

「うっ……それは、そうなんですけど」

「好きにしろ。別に、見張りは強制していない」

「……ルクセリア様は、いつもこんな感じなんですか？」

「こんな感じ、とは？」

「毎晩遅くまで仕事に仕事……一体どれだけ働くんですか？」

「……余には、時間がないのだ」

「……時間がないって？」

彼女の問い返しに、言うべきでないことを言ってしまったと反省する。

「いつもの仕事に加え、子どもたちの件もあるだろう？　だから、時間がない」

「あ……そうですよね」

責めているように聞こえてしまったら申し訳ないが、それ以上に誤魔化すことができて良かったと安心した。

静かな室内に、彼女の欠伸《あくび》の音が響く。

「すいません……もう、限界です。先に眠ります」

「ああ……それが良かろう。また、明日」

「はい。また、明日」

彼女が去った後、私はゴドフリーから貰《もら》った薬を飲んだ。

「……さて、もう少し頑張るか」

そして私は、書類に向き直ったのだった。


「本日のお茶は、ベルアンです」

アリシアに淹《い》れてもらったお茶を、ゆっくりと楽しむ。

爽《さわ》やかな香りが口一杯に広がり、つい頬が緩んだ。

「そしてこちらが、本日のデザートです。右から、ククルのムース、それからチョコレートケーキです」

私はいそいそとそれらを口に運んでは、紅茶を楽しむ。

「美味《おい》しい。濃厚な甘みが、さっぱりとしたベルアンの紅茶によく合うわ」

「アニータさんも、いかがですか？」

アリシアの問いに、彼女は睨《にら》めっこをしていた書類から目を離すように顔を上げた。

「だ、大丈夫です。……私、その、仕事が溜《た》まっていますし……」

「ならばこそ、休憩は大事ですよ。ルクセリア様のお仕事を支える、重要なお役目なのです。しっかりと時には体を休め、集中するのも大切ですよ」

……尊い。アリシアの笑顔が。

ほっこりしつつ、口を開いた。

「そうよ。……貴女もアリシアのお茶を飲んで、休みなさい」

「そ、それじゃあ……」

未《いま》だに私がアリシアの前で話す時の口調に慣れないのか、アニータは私が喋《しゃべ》る度に若干困惑したような表情を浮かべる。

……彼女の前だと、口調が昔のそれについ戻ってしまうのだから致し方ない。

「……うわ、美味しい！」

アニータは紅茶を一口飲んで、感嘆の声をあげた。

「そうでしょう？」

アリシアが褒められたことが嬉《うれ》しくて、我がことのように自慢する。

「ルクセリア様、失礼致します」

そんな最中、部屋に入って来たのは魔法師団長のゴドフリーだった。

「ゴドフリー様、お疲れ様でございます。……ルクセリア様は、貴重な休憩の時間をお過ごしになっているのです。くれぐれも、宝剣を出してだとか魔法を使ってだとかでルクセリア様のお手を煩わせないようにお願い致します」

アリシアが、笑顔でゴドフリーに釘《くぎ》を刺す。

既に臨戦状態に入っているようだ。

「貴重な休憩時間だからこそ、業務とは直接関係ない魔法のことに当てるべきでは？」

それに対して、ゴドフリーも既に応戦態勢に入っているようだ。

いつもなら、これから二人の攻防が長々と続くのだが……。

「ごめんなさいね、アリシア。今日は、私が彼を呼んだのよ」

「そうでしたか。それであれば、異論ございません」

私が一言声をかければ、すぐさまアリシアは臨戦態勢を解除した。

「ねえ、アリシア。少し、三人で話をしても良い？」

「承知致しました。暫く席を外します」

そしてアリシアが完全に去ったところで、ゴドフリーが口を開く。

「……残念です。アリシアさんとはもう少し、話したかったのですが」

「……其方《そなた》にとって、あの子はまたとない研究対象であろうからな」

「ええ、そうなんですよ！　魔力があるのに、魔法が使えない。そんな事例、聞いたことがありません。聞けば、彼女は一定期間の記憶がないのだとか。記憶……つまり意識と魔法が結びついているということなのか、はたまたその記憶がない期間に魔法を封じる出来事が何かあったのか……興味が尽きません」

私の呟《つぶや》きに、彼は興奮したように目を輝かせて言った。

そんな彼を眺めつつ、私は彼女を助けた日のことを思い出す。

私を狙った誘拐犯に攻撃された時、私を庇《かば》って倒れたアリシア。

死にかけたその瞬間、宝剣を無理矢理呼び出して……そして、宝剣の一つ『永遠』の宝剣の力で彼女をこの世に繋《つな》ぎ留めた。

つまり、だ。

彼女が記憶を失ったのも、魔法が使えなくなったのも、永遠の宝剣による副作用……という可能性はあるのだけれども、そんなこと彼には言えない。

ただでさえこんな状態なのに、そんなことを言ったら……実験室に一直線だろう。

「あの子を研究対象とすることは、許さん」

「分かっていますよ。ですが会話をしている内に、少しでも何か糸口が掴《つか》めるかもしれないじゃないですか！　……まあ残念ながら、中々話す時間すら、いただけないんですけどね。貴女《あなた》様に突撃するあまり、嫌われてしまったようで」

そう言った彼は、しょんぼりと項垂《うなだ》れていた。

……せめて、話だけは聞いておくようにそれとなくアリシアには言っておくか。

「……さて、本題に入ろうか」

そう呟けば、ゴドフリーは顔をあげる。

「ゴドフリー。其方、セルデン共和国のことをどう思う？」

「近づきたくないですね。……尤も、あちらも私が入国しようとすれば拒絶するでしょうから、お互い様でしょうけれども」

「いずれ、あの国と戦うことになるかもしれぬ」

それから、私はゴドフリーに一通り話した。

エトワールの件、それから五大侯爵家が魔力持ちの誘拐に手を貸していること、そしてセルデン共和国で魔力持ちが捕らえられていること等々、これまで判明したこと全てを。

「……という訳で、其方にも余の手足となって動いてもらいたい」

全てを話し終えたけれども、ゴドフリーの顔色に変化はない。

「同じ魔力持ちとして、当然のことです。……相手が五大侯爵家だろうがセルデン共和国であろうが、陛下の手となり足となり、戦います」

「そうか。そう言ってもらえて、何よりだ」

「……それにしても、この国ですら魔力持ちは苦境に立たされているとは。今ご説明いただいた話の中で、最も衝撃的かつ……」

ゴドフリーは、一瞬固まった。

私は続きを促すような真似はせず、ただ彼が再び口を開くことを待つ。

「……悲しいです」

そうして静かな室内に響いたのは、虚しい呟きだった。

「……悲しい、か」

「はい。上手《うま》い表現ではないかもしれませんが、貴女様の説明を聞いた際、咄嗟《とっさ》にそう思ったんです」

そう言って、ゴドフリーは苦笑を浮かべる。

「そうか……」

私の歯切れの悪い反応に、ゴドフリーは首を傾《かし》げた。

「……陛下？」

「否、何でもない。……其方は信頼できる部下を引き込み、来《きた》るべき日に備えよ」

「承知致しました」

それから二、三言葉を交わして、ゴドフリーは退出。

彼と入れ替わりで戻って来たアリシアも、茶器類を片付けて部屋を出て行った。

残された私は、アニータに見守られながら淡々と仕事を再開。

そうして、いつも通り仕事をこなし……気がつけばこれまたいつも通り完全に夜になっていた。

「……ねえ、アリシア」

再び部屋に戻って来たアリシアに、休憩がてら声をかける。

「どうかされましたか？」

「人の言葉に引っ掛かりを覚える時って、どんな時だと思う？」

「引っ掛かりを覚える、ですか。……そうですね、違和感を覚えた時でしょうか」

「違和感、ねえ」

「ええ。相手が嘘をついていると感じ取った時……あるいは、自分の気持ちに嘘をついている時、言葉に違和感を覚えるのではないでしょうか」

「面白い考えね。相手は分かるけれども、自分が嘘をついている時……か」

「はい。人は、自分に嘘をつく生き物ですから」

……ならば、私は何に嘘をついているのだろうか。

「……『悲しい』という言葉を聞いた時にね、違和感を感じたの。相手が嘘をついているとは思えないのだけど、私は一体何に違和感を感じたのかしらね？」

独り言のように、自然とそんな言葉が自分の口から出た。

「ルクセリア様……」

アリシアが何かを言いかけたところで、ノック音が部屋に響く。

「失礼致します、業務報告に参りました」

そうして、彼女の言葉の続きを聞くことなく、私は仕事に戻った。

「……ルクセリア様。少し、相談をしても良いですか？」

執務中、トミーが室内に現れた。

「どうかしたか？」

「ウェストン侯爵領の協力者を通して、オスカー・ウェストンより接触がありました」

「ウェストン侯爵家の嫡男か……一体どのような用件か？」

「非公式で、陛下と会談の場を持ちたいと」

「……このタイミングで会いたいとは。エトワールの件か、はたまた領官たちの囲い込みの件か……」

「……彼を、抱き込むつもりでしたからね。上手くいって、良かったです」

「まだ、結果は分からぬがな。とは言え、折角餌に食いついてくれたからにはしっかりと釣り上げねばならんな」

……そうして、面談当日がやってきた。

私の傍には、ギルバートとアニータ、それから護衛騎士二人。

対して、オスカーは本人と従者の二人きりだった。

「突然の申し出にも拘わらず、陛下の貴重なお時間を頂戴《ちょうだい》し、恐悦至極に存じます」

あまりにも丁寧な物言いに、私はおろか控えていたギルバートも驚いているようだった。

侯爵家にとって、王家はあくまで対等な存在。

あるいは、目の上のコブ。

表向き敬うような素振りを見せたとしても、決してこんなストレートな言葉を口にしたりしない。

「これは、ご丁寧に。……早速だが、用件を聞かせてもらおうか」

「……私の父レイフ・ウェストンは、人身売買に関わっています」

「ほう、内部告発か。……その証拠は？」

「ベックフォード侯爵家当主よりウェストン侯爵家当主へ、商品である子どもたちを受け取った旨の書状です。残念ながら、印はベックフォード侯爵家のものしかございませんが……」

オスカーが差し出した書類を、ギルバートが受け取る。

彼自身がザッと目を通した後、私に差し出した。

私も、内容を確認する。

ベックフォード侯爵家で押収した書類と同じような、商品リストのような書きぶりのそれだった。

オスカーはウェストン侯爵家の印がないことに、申し訳なさそうにしていたが……ウェストン侯爵家の印付きの書類は、既にベックフォード侯爵家で押収している。

むしろ、やはり侯爵家同士で裏切りが起こらないよう決定的な証拠を互いに持ち合っていたという仮定が正しかったことの証明となって、私としては良かった。

ただ……。

「スレイド侯爵家の印が入った書類は、見つからなかったか？」

「スレイド侯爵家、ですか？　いえ……隈《くま》なく家内は探しましたが、それらしいものはなかったと思います」

てっきり、スレイド侯爵家も含めて三家で互いに持ち合っていると予想していたのだけれど、どうやらそれは異なっていたらしい。

スレイド侯爵家の証拠は、ベックフォード侯爵家、ウェストン侯爵家のどちらからも出てこなかったことになる。

三家の力関係は同格と思っていたが……主犯のスレイド侯爵家が頭一つ飛び出しているということか。

「ならば、良い。よくぞ正直に、報告した。……だが、何故《なぜ》これを余に報告した？ これが余の手に渡れば、ウェストン侯爵家はただでは済まぬと分かっていた筈《はず》。それとも、婚礼式の一件を知らなかったとか？」

「……いずれにせよ、ウェストン侯爵家は終わりを迎えます。他ならぬ貴女様の手によって」

「ほう？」

「既に、貴女様は我が領官の四割を掌握されています。それも、領官の中でも、とても有能な者たちを。彼らがいれば、ウェストン侯爵家がなくなろうとも、残り六割が機能停止しようとも、最低限領政の維持は可能でしょう。……婚礼式前のラダフォード侯爵家と今のウェストン侯爵家は正に同じ状態です」

「……よく現状を理解しているようだな。派手に動き過ぎたか？」

気がついてくれて良かったと思いつつ、私は笑う。

「否……ラダフォード侯爵家の一件、ひいては十一年前の忌まわしい事件を知っているからこそです」

けれども、次に放たれた彼の言葉に一瞬思考が停止した。

……十一年前？

お父様と、お母様の件か！

「何故、其方が十一年前の件を知っている？」

私は震えそうな声をどうにか抑えつつ、聞いた。

「……初めて私が知ったのは、ヴィルヘルム・ラダフォードに聞いてのことでした。その後、私も独自に調査をしまして、我が家も関与していることを知りました」

「……ヴィルヘルムが、知っていた？」

「……はい。私の名に、誓って」

「いつからだ」

「五年以上前からです。彼はあの忌まわしき事件の真相を知り……そして陛下の御心を知り、決断を下しました。ラダフォード侯爵家の幕引きという、決断を。そして彼は確かに、やり遂げたのです。陛下の暗殺未遂……毒殺容疑に関わる確かな証拠を、陛下の手の内の者たちが手に入れられるよう誘導し、そして婚礼式の日にはラダフォード一族の者たちを逃さぬよう工作をし、陛下の統治を邪魔するであろう者たちを先回りして排除していたのは、彼です」

嘘だ！　そう、叫びたい自分がいた。

だって、それが本当ならば……。

私は、彼に一体どれだけの重荷を背負わせていたというのか。

「……これは、十一年前の事件に我が家が関与した証拠です」

オスカーが差し出した手紙を、ギルバートが受け取る。

珍しくギルバートも、取り繕えない程の衝撃を受けているかのような表情だった。

「……これを余に渡すということがどういうことか、其方《そなた》は理解した上で余に渡すというのか」

「はい。我が家は、既に大罪を犯しています。私の首を、どうぞ一族のそれと共にお納めください」

「……其方の覚悟を聞いた上で、敢えて問おう。何故、其方は密告を以《も》って自らの助命嘆願を願わぬ？」

「私も、腐り切った今の侯爵家には幕引きが必要と悟ったまでです。自らの領民を糧とし、王を害すなど……あってはならない。故に、私の願いはただ一つ。侯爵家の幕引きを。そのために、陛下に決定的な証拠を渡しに馳《は》せ参《さん》じた次第です」

「……本音は？」

彼の言葉には、重みがあった。

とってつけたような言い方ではなく、まさに彼がここに来るまでどれだけ絶望し葛藤《かっとう》したかが伝わってくるかのような。

けれども、どうしても納得がいかなかった。

侯爵家に連なる者だという偏見もあっただろうし、彼の表情を見て、まだ何かがあると直感したのかもしれない。

だからこそ、私は更に問いかけた。

その問いに彼は一瞬困ったような表情を浮かべ……そして、笑った。

「親友がやり遂げたというのに、自分だけ逃げるのは格好悪いでしょう？　それに、貴女様《あなた》に知り置いて欲しかったのです。……親友の功績を」

「だから戴冠式《たいかんしき》の時、其方は笑ったのか？」

「……そうですね。彼の選択を反対していた筈なのに、彼の満足気な笑みを見て、つい……」

そう言って、彼は「失礼な物言い、申し訳ありません」と頭を下げた。

「横の従者の名は？」

「サムです。……陛下、彼は今回の件も含め何も関与はしていません」

『オスカーとサム、それからトミー以外は、十一年前の事件の真相を忘れろ。そして、部屋から出ろ。護衛騎士たちは部屋の外入り口前で待機。ギルバートとアニータは余の執務室で待機していろ』

私の魔法にかかった彼らは、言われた通りに行動を始める。

その様を、呆然《ぼうぜん》とオスカーとサムが見ていた。

「……これで十一年前のことは、ここにいる者たちしか知らぬこととなった。トミー、どこかで聞いているのであろう？」

私の呼びかけに、トミーが音もなく現れた。

「……全ての情報を、嘘偽りなく彼に与えよ。そして、全ての幕引きまで余に協力せよ。それが、其方たちに与える罰だ」

「……陛下？」

「ウェストン侯爵家は、潰《つぶ》す。ラダフォード侯爵家と、同じように。……それは、変えられぬ。だが、其方たちは余の協力者。故に、其方たちの存在には目を瞑《つぶ》るとする」

「……私如き者に寛大なお言葉、恐れ多いことです。ですが、どうか私もウェストン一族の者と同じ処遇をお願い致します」

「……私如き、か。其方は、己の命を賭《と》してでも過ちを正そうとした。其方のその行為は、如きと言うにはあまりにも尊いものと考えるが？」

「……しかし、前例を作っては……」

「……前例を作るとは言っていないぞ」

「そんな……！」

私の言葉に、サムが叫ぶ。

「……控えろ、サム」

オスカーの嗜《たしな》める言葉に、けれどもサムは引かない。

「恐れながら、陛下。オスカー様は、自らの命をも棄《す》てる覚悟で此度の報告をしています。しかし私はそれを座して見守ることは到底できません。……私はどうなっても構いません。ですが、どうか……オスカー様の御命だけは、御救いいただけませんでしょうか？」

「……其方の命と、オスカーの命が同等だと？」

「……っ。いいえ……ですがっ！」

「冗談だ。命は等しく皆平等。例え身分の隔たりがあろうとも、年を経れば誰しもが老いるし、やがては命を失う。……逆に命に価値をつけるという考えこそが、五大侯爵家を増長させた傲《おご》りと同じ」

私の言葉に、サムは驚いたように目を見張っていた。

「……良い家臣に恵まれたな」

「……勿体《もったい》ないお言葉です」

「だが、オスカー・ウェストンは生かしておけぬ。故に其方は過去と名前それから顔を捨てねばならぬ」

「……は？」

「其方に新たな名と顔を与える、と言っているのだ」

「……つ、つまり……オスカー様の御命をお助けいただけると？」

「オスカーとしての其方は死んだことになるが、別の人物として生きよと言っている」

「……あ、ありがとうございます！」

「……しかし、陛下……」

尚も不満げなオスカーに、私は溜息《ためいき》を吐《つ》く。

「……逆に重い罰かも知れぬぞ？　オスカー・ウェストンとしての全てを捨てさせられた上に、それが僅《わず》かにでも露見すれば、当然其方の命はない。その可能性に怯《おび》え、挙句、一人生き残ったという事実が其方を苛《さいな》むかもしれん。それでも、其方を捨てるのは惜しい故、余は其方にその罰を押し付けるのだ。其方は、耐えられるか？」

「……私は、選ぶ立場にございません」

「ほう？」

「ですがもし……許されるのであれば、私は生きます。そして国のために、働きたく思います。それが、どのような形であろうとも」

「安心しろ。其方には、余の元で働いてもらう。是非とも、国のために働け」

「……良いのですか？」

「余は信頼できる駒を欲している」

「……温情、感謝致します」

「ふふ……そうと知りながら、其方はこの罰を背負うと言うか。ならば、アーサーよ！」

「はっ！」

私が叫ぶと、扉の向こうで待機していた護衛騎士のアーサーが戻って来た。

「この者たちを隣の部屋に案内してくれ。二人は、そこで暫く待機しているように。後に、トミーを向かわせる」

「畏《かしこ》まりました」

そして二人はアーサーに連れられ、部屋を出て行った。

「……随分と衝撃的な会談でしたね」

静かな室内に、トミーの声が響く。

「ああ……まさか、ヴィルヘルムが知っていたとは……」

「恥ずかしながら、気がつきませんでした。……彼の協力に」

「責めはせん。余も、気づいていなかった。ラダフォード侯爵家の者たちの捕縛から統治までスムーズだと疑問に思ったことはあったが……上手《うま》くいっているのであればそれで良いと、その疑問を放っていた」

私は、そっと溜息を吐いた。

「……これで、十一年前の事件の証拠は残りスレイド侯爵家とベックフォード侯爵家のみか」

「……仮に証拠があったとしても、最重要機密として扱っているでしょうね。人身売買以上に、証拠を見つけることは困難かと」

「であろうな。だからこそ、人身売買を足掛かりに家宅捜査ができれば一番簡単であろう。……今回オスカーのお陰でベックフォード侯爵家の関与についての証拠も得た。残るはスレイド侯爵家の証拠か」

元々、五大侯爵家の家宅捜査を行う大義名分を得るために、トミーには長年工作活動をしてもらっていた。

十一年前の事件に関与している証拠を得て、彼らの名誉を失墜させるために。

それが今回のエトワールの件で全てが吹っ飛んだ。

トミーが態々《わざわざ》大義名分をでっち上げなくとも、奴らを失墜させるに足る案件……人身売買が明るみに出たからだ。

私たちが用意していたもの以上の罪を軽々と犯してくれていたとは……本当に、五大侯爵家の腐敗具合は凄《すさ》まじいものがある。

「本当、巧妙ですよ」

「スレイド侯爵家の証拠を探れといったら、可能か?」

「……ベックフォード侯爵家に調査が入ったことを、カールが仮に各家に警告がてら共有していたら厳しいですが……陛下の命令であれば、やってみせますよ」

トミーからの返答に、暫く考える。

「……ダメだ、リスクに見合わぬ。スレイド侯爵家には魔法を無効化する者がいる。だと言うのに、証拠が残っているのかは不明。リターンが見込めぬというのに、其方を死地に追いやる訳にはいかぬだろう」

「……それに関して、一つ提案が」

「何だ？」

「証拠の存在が不確かなのであれば、証拠を作り出すのはどうでしょう？　エトワールが味方に入っていることですし」

「……其方は、子どもたちを危険に晒《さら》せと？」

「俺の配下には十六、七の奴らがいます。見た目も若く見えるので、そいつらに任せましょう。その上で、ベックフォード侯爵家がスレイド侯爵家に子どもたちを引き渡した後、セルデン共和国に引き渡す前にスレイド侯爵家を取り押さえれば良いのではないでしょうか」

「……ふむ」

「ルクセリア様、是非、ご検討ください。俺が考える中で、それが最も可能性が高く、手早く進められる手段です」

私はトミーから言われた案について、思案する。

……トミーの言う通り、確実性と迅速性で言えば最も効率的な手段でもある。

「……その方法では、駄目だな」

悩んだ結果、私は回答した。

「其方の部下の守りには、念には念を入れよう」

……そうして、私はトミーに今後の作戦を伝えたのだった。


「……何で、言ってくれなかったの？」

いつものように、私はヴィルヘルムを匿《かくま》っている隠し部屋にいた。

当然私のその疑問に、彼が答えることはできない。

「貴方《あなた》が、私の憎悪に気が付いていたなんて……思いもしなかった。破滅覚悟で、私のことを助けてくれていたなんて……知らなかった」

どれだけ、苦しかっただろう。

やがて私に殺されると分かっていて、それでも彼は私を助けてくれた。

自分と血が繋《つな》がる一族の死が避けられないと知りながら、それでも彼は何も言わなかった。

弱音も、不満も、何も漏らさなかった。

黙々と、私を助けてくれていた。

……何の、見返りも求めずに。

全てを失うと知りながら。

どれだけ、辛かっただろう。

ポタリと、涙が頬を伝った。

ダメだ、泣くな。泣くのは、卑怯《ひきょう》だ。

「……もう少しで、終わるから。あと少しで、貴方は自由よ」

他に、何も貴方にはあげられるものはない。

与えられた恩に報いることも、できないのだけれども。

「……アーロンに、言われたの。独りで、進むなと。駄目ね、幕に手をかけてから、焦って一人空回りしていたみたい。これからは、ゴドフリーとアーロンに協力してもらうわ。エトワールの皆も、手伝ってくれることになった。段々と、協力者が増えているの。私がいなくなった後も国政が回るように、体制も整ってきた。……これで、ちゃんと終われる」

私にできることは、復讐《ふくしゅう》劇をやり遂げること。

自分で幕を開けたのだ……幕を引くまで、やり遂げなければならない。

そうでしか、彼への感謝を示す方法がない。

それ以外、私には分からなかった。

後日、私はギルバートとアーロン国軍団長、ゴドフリー魔法師団長それからアニータを呼び出した。

勿論《もちろん》トミーに骨を折ってもらい、秘密裏に集まらせている。

「……今日集まってもらったのは、他でもない。ベックフォード侯爵家、ウェストン侯爵家並びにスレイド侯爵家の捕縛に関する件で集まってもらった」

全員が言葉の重みを即座に理解して、真剣な面持ちになっていた。

「……まず、アニータ。子どもたちをカールに引き渡せ」

初《しょ》っ端《ぱな》から爆弾を落としたせいで、アニータの表情は怒り心頭に発していた。

「子どもたちを引き渡せですって？　そんなの、嫌に決まっているでしょう！　子どもたちを助けるために協力しているっていうのに、何で子どもたちを危険に晒さなきゃなんないの！」

「アニータ、其方《そなた》の言い分は分かる。故に今回引き渡す子どもはトミーの部下だ」

「あ……そういうこと。でも、危険じゃない？　トミーさんの部下なら、危険も承知なのかもしれないけど……ほら、やっぱり私たちも引き渡す以上、責任があるというか……」

「だが、スレイド侯爵家を捕まえるための証拠が、未《いま》だない。故にこのままでは捕縛はおろか表立って調査もできん。子どもたちが捕らえられている場面を押さえれば、それが何よりの証拠になる。

共和国に捕らえられている子どもたちを早く救出するためにも、早く国内の問題は片付けたい」

「……そうだ！　先にカールを捕まえましょう！　ほら、カールを捕まえれば……何だっけ、証言？　というのをさせれば良いのよ」

「ベックフォード侯爵家及びカールを先に捕縛したら、スレイド侯爵家は今回の件に関する一切の証拠を闇に葬るだろうな。……もし、未だ彼の手元にあったら……の場合だが。もしくは、身を隠すか逆にこちらに攻撃をしかけてくるか。いずれにせよ、彼の手札が増えるだけ。故にベックフォード侯爵家とスレイド侯爵家は同時に攻略したい」

「……ウェストン侯爵家は同時に攻略しなくて良いのですか？」

今まで黙っていたアーロンが、口を開いた。

「問題ない。本件は、信頼できる者たちのみで動き、迅速に攻略しなければならない。……魔法師団との共同作戦とはいえ、二家同時攻略が精一杯であろう。それに、ウェストン侯爵家は、嫡男オスカーが抑えてくれる。協力してくれるアテもある。故に二家の攻略を優先させる」

「理解しました」

「……アニータ、引き渡す子ども役の者たちには余の宝剣による守護を与える。だから、安心せよ」

「……五つの宝剣にはそれぞれ名前に関する能力があります。その内『栄光』の宝剣は、王の敵を殲滅《せんめつ》する攻撃力と王が守護せし民を守る力が秘められていると言われています。つまり今回の場合は、子どもたちに対して宝剣による結界を張るということですね」

「……分かりました。協力します」

「うむ、頼んだぞ。……さて、アーロンとゴドフリーよ。其方たちは隊を二つに分けよ。一つは隊員の八割を配置し、そしてもう一つは二割。アーロンとゴドフリーは八割の方を率いて、ベックフォード侯爵家を攻略だ」

「随分と偏らせますね。二割の方は、誰が率いるのですか？」

「勿論、余だ」

「なっ……陛下！　まさか、陛下まで御出陣なさるのですか⁉」

「そうだ」

「危険です。是非、ご再考を」

「もう、決めたことだ」

「ならばせめて護衛として、もう少し隊員をお連れください」

「問題ない。其方たちの心配は有難いが……余には、宝剣もある。それに何より、余の護衛に当てるよりも、より確実にベックフォード侯爵家の者たちを捕らえたい」

「……っ。畏まりました」

彼らは渋々といった体《てい》で頷《うなず》いた。

それから私たちは、かなりの時間をかけて具体的な戦術……両侯爵家の制圧ルート、各隊の配置等々を話し合った。

第三章　そして女王は戦う

そうして迎えた、運命の日。

アーロンとゴドフリーは、ベックフォード侯爵家の屋敷前にいた。

「……それにしても、魔法とは便利なものだな」

屋敷を見上げながら、アーロンが呟《つぶや》く。

「あれ？　確かアーロンさんも魔力を持ってますよね？」

「まあ、な。とは言え、そんなに多くはないぞ？」

ゴドフリーの問いかけにアーロンは苦笑しつつ、答えた。

「移動魔法も凄《すご》いが、魔法を強化できるルクセリア様の価値は計り知れない」

「あの方と比べてはダメですよ。魔力は莫大《ばくだい》、オマケに強力な宝剣まで付いているんですから。正直、今回の作戦が『取り逃がさずに捕まえる』という目標ではなく『殲滅する』であれば、あの方が一人いれば十分です」

「それほどか」

「陛下のお力をご存知ないのですか？」

「私は婚礼式に出ていなかったからな。それに、魔法のことは門外漢だ」

「ああ……そういうことですか。凄まじ過ぎて、最早《もはや》神々しいですよ。陛下の魔力は」

一瞬、二人の間に沈黙が降りた。

「……さて、そろそろ仕事の時間ですね」

ゴドフリーが地面に手を当てると、瞬く間に土でできた高い壁が屋敷を取り囲む。

「ゴドフリー殿の魔法は確か……『改変』だったか？」

「ええ、そうですよ。今のように物質の形を変えたり、氷から水蒸気に変えたり等々物質の状態を変えたりできます」

「本当に便利な力だ。お陰で、こちらは随分楽をさせてもらえるだろう。……さて、全員突入しろ！」

アーロンの号令に、控えていた国軍兵や魔法師団が一斉に走り出す。

途中出会《でくわ》したベックフォード侯爵家の私兵たちを、容赦なく捕らえながら。

「急げ、急げ！　目標を逃すなよ！」

隊員たちの後ろから、アーロンが檄《げき》を飛ばす。

「……アーロン殿。こう言っては何ですが……思った以上に、敵の抵抗が少ないですね」

その横に佇《たたず》んでいたゴドフリーが、遠慮がちに呟いた。

「敵を過小評価し油断することは良くないですが、確かに仰《おつしや》る通りです。本隊は当主やカールの守りについているのか、あるいは……」

アーロンは言葉を区切り、思案するように一瞬目線を上げた。

「否、今は考えている暇はない、か。……急ぎましょう」

「ええ……そうですね。それでは、失礼致します」

「ご武運を」

「アーロン殿こそ」

ゴドフリーが、アーロンと分かれて走り出す。他の隊も、作戦通り散って行った。

「さあ、進むぞ！」

アーロンに急かされるようにして、彼の隊員たちも先へと進んで行く。

「アーロン団長！」

隊員が指し示したのは、他の扉とは異なる豪勢なそれだった。

アーロンは、頷く。その瞬間、隊員たちは勢いよく扉を開いた。

「早く、準備をしろ！　ノロマめ！」

怒鳴り散らしていたのは、屋敷の主人であり侯爵家の当主であるバーナード。

怒鳴られた使用人たちは、部屋に飛び込んできたアーロンたちの存在に驚いて動きが止まっていたのだが……バーナードは荷物に夢中で、未だ気がついていないらしい。

「ほれ、何をしている！」

「は、早く逃げましょうよぉ！　何で私がこんな目に……」

奥では、派手で豪奢《ごうしゃ》な服を着た女性が体を震わせていた。

「すまんなぁ、チェリー。ホラ、愚図！　さっさと荷物を詰め込め！　そのネックレス一つで、お前の給料三年分だぞ！　もっと丁寧に扱わぬか！」

滑稽《こっけい》な状況だった。

既に捕縛者が差し迫っている中、それに気がつかず未だに逃走の準備を指図している様は。

使用人たちは最早戸惑うというよりも、呆《あき》れたような表情を浮かべている。

「そんなの、また買えば良いじゃない！　早く逃げましょうよぉ、バーナード様」

「そうだな、チェリー。おい、お前！　早くそれを持て！」

「ベックフォード侯爵、お止まりください」

様子を窺っていたアーロンが、声をかけた。

「ええい、この状況で何を言って……いる……のか」

その声に、やっとバーナードはアーロンたちの存在に気がつく。

「うわぁぁ！　お、おい、お前！　奴らを止めろ！」

使用人たちはバーナードの命令に、従う素振りを見せない。

「ルクセリア女王陛下の命により、貴殿らを捕縛させていただきます」

アーロンが言ったと同時に、脇に控えていた魔法師団の団員が魔法を発動させる。

瞬間、彼の影が伸びてバーナードとチェリーを縛り上げた。

「な、何をする！　私は、ベックフォード侯爵だぞ！」

バーナードは怒りで顔を真っ赤に染め上げて叫ぶ。

「存じています。しかし、陛下の命ですので」

けれどもアーロンの平然とした受け答えに……何より、その凍てつくような冷めた瞳《ひとみ》に、バーナードは怯《ひる》んだ。

「……ま、待て。私を見逃してくれれば、今後便宜を図ってやるぞ？」

その言葉に、けれどもアーロンの瞳は全く揺らがない。

「そ、そうだ！　金ならある！　そこにある箱を一つやろう。貴様が一生かかっても買えないような宝の山だ」

「……民を売って得た金で、私に助けを乞《こ》うのですか」

「な、何を言うか！　私はそんなこと……！」

一歩一歩、アーロンはバーナードに近づいて行く。

バーナードは、明確に近づいて来る脅威から何とか逃れようとするものの、影のせいで全くその場から動くことができなかった。

「……貴方《あなた》は何も知らなかった、ということですか？」

アーロンのその言葉に、バーナードは希望の光を見出す。

地獄に垂れた蜘蛛《くも》の糸を掴《つか》もうと、必死に口を開いた。

「そ、そうだ！　民を売ったなど……私は全く知らん！　きっと何者かが私を嵌《は》めようと……」

けれどもその糸は、無残にもアーロンによって断ち切られる。

アーロンが腰に差した剣を掴み、振り上げた。

「ひ、ひぃぃい……！」

そしてその剣を、バーナードのすぐ目の前の床に刺す。

「……お戯れは、その辺で。我々《われわれ》は、貴殿の印が押された人身売買契約書を既に確保しています」

そう言いつつ、アーロンはバーナードと目線を合わせるようにしゃがみ込んだ。

「その上で何も知らぬと言うのであれば……貴殿は一体何のために、その頭をお持ちなのかを聞かなければなりませんな。何も考えず、言われるがまま手を動かす……それが領主の仕事であるならば、犬にでもできましょう。否……自らの欲を満たすためだけに、何ら覚悟もなく違法行為に手を染めた貴殿は、畜生にすら劣る。せめて最期ぐらい、綺麗《きれい》に終わらせては如何《いかが》ですか？」

そう言って、アーロンは静かに微笑《ほほえ》んだ。

「いやぁ！　私は関係ない……関係ないわ！　だからお願い、助けて……」

バーナードが茫然《ぼうぜん》と座り込む中、チェリーと呼ばれた女性が叫ぶ。

「残念ですが、私は判断する立場にありません。もし貴女《あなた》が身の潔白を訴えたいのであれば、大人しく付いて来た方が良いでしょう。ただ……一つだけ」

アーロンはそう応えつつ剣を引き抜き、再び腰に差した。

「貴女のためにとこれまで注ぎ込まれた金は、領の年予算に匹敵すると伺っています。その中には、勿論《もちろん》領民を売って得た金も入っている。……民からすれば、貴女は立派な加害者の一員だ」

アーロンは近くにいた隊員たちに後を任せ、その場を離れた。

そのまま彼は来た道を戻り、途中角を曲がって進んだ先にあった部屋に入る。

室内には困惑した隊員たちと、彼らに囲まれつつも平然と佇む貴婦人がいた。

「……どうした？」

近くにいた隊員に、アーロンは声をかける。

「貴方が、この中で一番偉い方でしょうか」

アーロンの問いに答えたのは、貴婦人だった。

「ええ、そうです」

「そう……。私の名前は、エノーラ。大変不幸なことに、肩書きはあの男……バーナード・ベックフォードの妻です」

「ご丁寧に有難うございます。私の名は、アーロン。国軍団長の任を賜っています」

「貴殿が、かの有名な国軍団長殿ですか。では、アーロン国軍団長。こちらを、お納めください」

彼女は立ち上がり机から幾つかの書類を取り出すと、それをアーロンに差し出した。

「これは……」

「ベックフォード侯爵家系の官僚たちが関わった、汚職の証拠です。それからこちらは十一年前の事件に関する証拠。陛下にしっかりとお渡しなさってね？」

「何故《なぜ》、これを……」

「これで、あの男をより惨めったらしく殺していただけるのなら、私も報われますもの」

エノーラは優しげに微笑んだ。言葉と表情がちぐはぐで、それが逆に見る者により恐怖を刻みつける。

「……私が聞くのも可笑《おか》しな話ですが、何故、貴女はベックフォード侯爵の死を望むのでしょうか」

「質問に質問を返すようで悪いけれど……あの男を生かしたいと、どうして私が望むのかしら」

楽しそうに、コロコロとエノーラは笑った。

「私はこの家で、ずっといないものとして扱われました。妻としての立場も権威も何もない。……そうして私は、あの男に静かに殺され続けたのですわ」

「……確かに貴女のお立場であれば、彼女の存在はお辛いものがあったでしょう」

「まあ！　彼女とはチェリーとか言う、女のことかしら？　ふふふ、ほほほっ！　ああ、オカシイ」

突然、彼女の笑いが消えた。

その瞳には、静かで……けれども確かに内面の憎しみを映すような蒼《あお》い炎が灯っている。

「政略婚である以上、夫に愛なんてものは求めませんわ。私が許せなかったのは、妻としての立場や権威まで奪われていたこと。ねえ、知ってます？　あの女の我儘《わがまま》を叶《かな》えるために領を傾ける程にお金を使っているのに、私には全くでしたのよ。持参金を使って、何とか生きてきましたの」

エノーラは、歌うように言葉を次々と紡いでいく。

「当然、右へ倣えで使用人たちもチェリーの言いなり。私の言うことなんて全く、誰にも聞いてもらえませんでしたの。使用人たちに無視され続ける女主人なんて、惨め以外の何物でもありませんわ。ああ……そう言えば私の子どもは皆死んでしまいましたけど、あの女の子どもは今もすくすくと健やかに育っていますわね。それも、あの男の差し金だったのかしら？　それとも、使用人たちかあの女か……いずれにせよ、私が妻として認められなかったのが悪いのよね」

彼女はピタリと、一瞬口を噤《つぐ》んだ。

「嫡男とされているあの男と女の子どもは、カールとかいう男と一緒に逃げましたわ。当然、捕まえますわよね？」

「え……ええ、勿論。既に、我々の仲間が動いてます」

「そう。なら、良かったわ。ああ……心配なさらないで。他の子どもたちは隣の部屋にいますわ。皆、静かに眠ってますの」

何人かの隊員たちが、顔色を変えて隣の部屋に向かった。

室内に残った隊員たちも皆、エノーラの毒気に当てられたかのように顔色が悪い。

「ああ、ごめんなさい。私のためにお時間を使わせてしまって。さあ……参りましょうか」

そう言った瞬間、彼女は目の前に置いていたグラスを手に取る。

混乱しきった隊員たちは、ただただその様を呆然《ぼうぜん》と見ていた。

その場にいた人物の中で、唯一アーロンだけが、即座に彼女の手を止めようと動いたが……エノーラとの間に、距離があり過ぎた。

結果、彼女を止めることは叶わず、彼女はグラスの中身を一気に飲み干す。

そうして彼女は、静かにその場に崩れ落ちていった。

「エノーラ夫人！」

アーロンは、倒れ込んだエノーラを抱き起こす。

「すぐに、医療班を！　早く！」

そして、近くにいた隊員たちに指示を出す。

「まあ、エノーラ夫人ですって。ふふふ……夫人なんて呼ばれたのは、初めてよ」

エノーラは、囁《ささや》くように呟《つぶや》く。……苦しそうに、胸を押さえながら。

「あの男と女と一緒に処刑されるなんて、真っ平御免。ねえ、だからアーロン様。どうか私を、助けないで」

エノーラは、静かに微笑んだ。

毒の苦しみなど感じていないかのような、柔らかくて清々しい笑み。

「まあ……私がお願いしなくても、もう遅いでしょうけど。ああ、そんな顔をなさらないで。私、やっと今……自由になれたのですもの」

そうして、彼女は息を引き取った。

「……団長。隣も、ダメでした」

沈鬱《ちんうつ》な表情を浮かべた隊員が報告する。

「そうか。……残念な最後だったが、これで我々の任務は完了だ。お前たちは彼女と、隣室の者たちを運んでくれ。くれぐれも丁重に」

「はっ！」

「私は使用人たちを拘束している隊を見てくる」

アーロンは、そっと彼女を床に下ろした。

「隊長」

そうして立ち上がった彼に、隊員が声をかける。

「……何だ？」

「……差し出がましい口をききますが、夫人の話が本当だったのか、使用人たちから裏を取ってもらえますか？　このままでは、夫人はベックフォード侯爵たちと同じく名を堕とすことになります」

「ああ……そうだな。たとえ夫人が真実関わってなかったとしても、ベックフォード侯爵夫人として関与を疑われ、ベックフォード侯爵と共に汚名を被ることになってしまうだろう」

「そんなの、悲し過ぎます。せめてこれからは、夫人をベックフォード侯爵から自由にしてあげられないのでしょうか？　ベックフォード侯爵から夫人として認められなかったと言うのであれば尚のこと」

「……ああ。せめて彼女を、彼女の子どもたちと同じ墓で寝かせてやろう」

そうして、アーロンは今度こそ部屋を出て行ったのだった。


一方アーロンと分かれたゴドフリーは、カールを追っていた。

「ああ……本当に、凄《すご》いです」

そう呟くゴドフリーの正面には、カールとベックフォード侯爵家の嫡男であるラッセルの姿があった。

そしてその二人の周りには、幾人かの護衛がいる。

彼らは一様に、突然現れたゴドフリーに警戒しているようだった。

「本当に凄いものですね」

「一体先ほどから、何を訳の分からないことを……いいから、そこをどけ！」

ラッセルが、ゴドフリーに怒鳴る。

けれどもゴドフリーはそれを無視して、地面に手を置いた。

そうして再び瞬きの合間に、高々とした土の壁が登場する。

「貴方も凄いと思いませんか。……ねえ？」

誰もが突然現れたそれに驚き、現実を拒否するかのように頭がついていけない。

……けれども無言を貫いたとしても、何の解決にもならないとカールが口を開いた。

「え……ええ。貴方の魔法はとても強力で素晴らしいものだと思います」

彼の表情には笑顔が貼り付けられているものの、瞳《ひとみ》には困惑の色が映っている。

「私が、ですか？　いえいえ、一体何を仰《おっしゃ》っているのだか」

カールのその瞳の色に気がついていないのか、ゴドフリーは楽しそうに声を出して笑う。

「私が凄いと申し上げたのは、陛下と側近の方ですよ。……貴方たちの逃走ルートを、こうもピタリと言い当てるとは。お陰でこうして私は、楽ができるというものです」

陛下という言葉を聞いた瞬間、カールの動きが止まった。

「あの、貴殿は一体何者……？」

「ああ……すみません。私の名前は、ゴドフリーと申します。王国魔法師団長を務めております」

ゴドフリーの答えを聞いて、カールと青年はサッと顔色を変えた。

「……あ、貴方《あなた》が有名な魔法師団長ですか……」

「おや？　私をご存知でしたか。随分と情報通なのですね」

穏やかな笑みを浮かべるゴドフリーに対し、『どの口がそれを言うのだか』という心の声が聞こえてきそうなほどに、カールの表情は強張っていた。

「ダメですよ。そんな表情を浮かべていては、皆さんが不安がってしまいます」

ゴドフリーの注意に、カールは無言のまま笑みを返す。

「……さて、ラッセル様、カールさん。どうか大人しく捕まってくださいませんか？」

「捕まる？　はて、一体私が何をしたのでしょうか？」

「心当たりがあるからこそ、逃げているのでは？」

「逃げる？　失礼ですが、ゴドフリー殿。私には全く意味が分かりません。私は、ラッセル様と共に出かけるだけです」

「そうでしたか……ならば、丁度良い。代わりに、私と共に王都まで楽しくお出かけしましょう」

「いえいえ、高名なゴドフリー殿とご一緒させていただくなど……」

「遠慮せずにどうぞ。私としては、大人しく付いてきていただきたいのですが」

そう言いながら、スウッとゴドフリーは目を細めた。

言葉に込められた意味に、そしてその表情に、カールは覚悟を決める。

「お前たち！　ラッセル様を守れ！」

ラッセルと護衛を捨てて、自らだけ逃げる覚悟を。

護衛たちは、カールの言葉の真意に気がつかないまま、ゴドフリーに向かっていく。

「あはっ……はははっ」

ゴドフリーは、迫り来る彼らを前に笑っていた。

彼はその場でしゃがみ込んだ。そしてその手が地面に触れた途端、それまで彼らを囲っていた壁が消える。

途端、彼の後ろに控えていた隊員たちが広がり、護衛を囲んでそれぞれの戦いを始めた。

一方ゴドフリーは消した壁の代わりに地面を隆起させる。

そうしてできあがった幾つもの柱を突進させ、それらに当たった護衛たちは、そのまますぐに倒れていった。

「うるぁぁ！」

柱の猛攻を逃れゴドフリーの元に辿《たど》り着《つ》いた護衛が、剣を振り上げる。

「ははっ……あははっ」

目の前に迫るその剣に、けれどもゴドフリーは笑っていた。

ゴドフリーの持っていた鉄の棒が盾の形になり、その剣を防いだ。

そのまま盾から幾つもの刺《とげ》が生まれ、護衛はその刺に貫かれて倒れる。

ゴドフリーがその鉄に触れると、すぐさま鉄は幾つかの円盤となった。

刺で縁取られたそれを、彼はそのまま無造作に投げる。

それらは見事にラッセルとカールだけを避け、護衛たちを沈めていった。

「あぁ……楽しいぃぃ！」

ゴドフリーはニコニコと笑いながら、天に向かって叫ぶ。

その異様な光景に、ラッセルはその場で腰を抜かしていた。

そしてそれでも何とか彼から逃れようと、必死に後ずさる。

それに気がついたのか、ゴドフリーは視線を下げた。

「おっと……失礼致しました。楽しいひと時をくださったというのに、私ときたら肝心の主賓を蔑《ないがし》ろにするなんて……」

穏やかな声色に、微笑《ほほえ》み。この場面での彼のその反応は、違和感でしかない。

「……ば、化け物……」

ラッセルが、茫然《ぼうぜん》と呟く。

「化け物とは……そのような大層な言葉、私如きには似合いませんよ」

ゴドフリーは、ほぼ動けない状態のラッセルに一歩ずつ近づいていった。

けれども彼は、ラッセルの前では立ち止まらず、いつの間にかその遥《はる》か後方にいたカールの側まで歩いていた。

カールは、土の壁を前になす術《すべ》もなく立ち竦《すく》んでいる。

「……何故《なぜ》、壁がこんなところまで」

「やはり、逃げようとされていましたね？　主君である、ラッセル殿を置いて」

その言葉と共に、ゴドフリーはニタリと笑った。

「何故だ……！　護衛と戦った折、壁は消えていた！」

「ええ、そうですよ。隊員たちが戦うのに、少々邪魔でしたから。ですが、ね。完全に壁をなくした訳じゃないんですよ？　ホラ」

ゴドフリーの視線に誘導されるように、カールもまた視線を左右にズラす。

そこには、先ほどまでより広い範囲で彼らを囲うように土の壁があった。

「ばか……な。貴方は闘いながら、こんな壁を作り上げたというのか！」

「ええ、そうですよぉ。柱を作る時、ちょちょいとね。……カール殿がバーナード殿のみならず、ラッセル殿まで置いて逃げようとしているのか、試してみたくなりまして」

「……そんな、それだけのために……。こ、こんな、広範囲に魔法を展開するなんて……化け物が」

「ラッセル殿にも言っていただいたんですがね、私には過ぎたる言葉ですよ。何せ私は、陛下の足元にも及びませんから」

ゴドフリーは、更に一歩、一歩とカールに近づく。

「私はカール殿も凄いと思っているんですよ。ええ、私が足元にも及ばない陛下に、喧嘩《けんか》を売ったのですから」

目と鼻の先についたところで立ち止まり、ニコリと笑った。

「今回の件、陛下はいたくご立腹です。さあ、カール殿。覚悟はよろしいでしょうか？　今度こそ、逃げずに受け止めてくださいね」

……そうして、カールはラッセルと共に捕らえられた。

私は、幾ばくかの隊員たちと共にスレイド侯爵家の屋敷前にいた。

『移動』魔法のおかげで、王宮からスレイド侯爵家の屋敷まで十秒もかかっていない。

「……突破せよ」

屋敷前の見張りを、隊員が薙《な》ぎ倒《たお》す。

突然現れた私たちに対処できる筈《はず》もなく、見張りたちは簡単に沈んでいった。

「其方《そなた》たちは、ここを堅守。手筈通り、他の門を制圧の後見張れ」

一部の隊員たちをそこに置き、私たちはそのまま屋敷の中を走る。

本当はスレイド侯爵がいる場所まで魔法で飛べたら良かったのだが……術者が行ったことのない場所には流石《さすが》に『移動』することができないので諦《あきら》めた。

『宝剣が崇められる理由が、改めて分かりましたよ。……魔法の強化なんて、便利過ぎて反則です』

突然、囁《ささや》きかけるように耳元で声がする。

その声の主は勿論《もちろん》、別行動をしているトミーだ。

『まあ、否定はせん。……が、幾ら其方の魔法で音が漏れぬとは言っても、今は作戦中。無駄口を叩《たた》いている暇はない筈だが？』

『はは、失礼しました。こちらも、順調に進んでいます。もう少しで、収容所に到着しますよ』

『それは重畳《ちょうじょう》。引き続き、頼んだぞ』

丁度会話を切ったところで、屋敷の前に到着した。

隊員たちが躊躇《ちゅうちょ》なく、重い扉を開く。

「キャッ！」

「な、なんですか……⁉　貴方たちは？」

入り口近くにいたスレイド侯爵家の使用人たちは、突然現れた私たちを勿論歓迎してはくれない。

ある者は武装した私たちを恐れ、ある者は困惑し、ある者は排除しようと動き出していた。

『スレイド侯爵家の使用人たちよ。全員意識を保ったまま、そこから動くな』

私の言葉に、その場にいた全員が従う。

「突然の訪問、失礼する。余は、ルクセリア・フォン・アスカリード。其方たちの主人に用がある。さて……『スレイド侯爵家の使用人たちよ。スレイド侯爵が、今、どこにいるか答えよ』」

「執務室にいます」

私の問いかけに、使用人の一人が答えた。

『そうか。ならば、案内せよ。……走れ』

そうして案内役を確保した私たちは、そのまま案内役に付いて走っていく。

奥へ奥へと駆け出す途中に出会《でくわ》す使用人たちは、全て魔法で黙らせた。

そうして辿り着いた執務室の扉を、隊員が乱暴に開く。

中には、スレイド侯爵本人。それから、彼と共に先日私に謁見した側近がいた。

「……これは、これは。驚きました。本日お会いする約束をしていましたでしょうか？」

突然私が現れたことには驚いていたようだが、流石はスレイド侯爵。

すぐに平静さを取り戻して、問いかけてきた。……中々に、肝が据わっている。

「いいや。突然の訪問ですまないが、早急に其方と話す必要があってな」

「早急に、ですか。……貴女《あなた》のご希望には最大限沿いたいものですが、生憎《あいにく》とこちらも立て込んでおりまして。正規の手続きを踏んで、お越しいただけると大変ありがたいのですが」

「否、これは国家にも関わる大事。他の何を置いても、優先させるべきことではないか？」

「仰ることは尤《もっと》もですが、だからこそ、正規の手続きが必要なのでは？」

スレイド侯爵の言葉に、私は笑った。

その笑い声は、静かな室内に不気味に響く。

「ちゃんと、正規の手続きに則っている。……罪を犯した罪人を捕らえるための、な」

「……はて。罪、ですか？」

「人身売買のおかげで、どれほど潤った？」

「大変申し訳ないのですが、仰っている意味がよく分かりません」

揺さぶりをかけても、彼は全く動じない。

まあ……これだけでボロを出すような真似はしないか。

「ほう。……最近、人身売買を犯した疑いがあるとベックフォード侯爵家の捜査をしていてな。そこで押収した書類には、スレイド侯爵家に攫《さら》った子どもたちを引き渡していると記載があったのだが？」

ペラリと、懐から書類を出す。

幾つかある書類の内、このために一つを持参していたのだ。

「なっ！　心外です。私はそのようなものに、関わっていません。……恐らく、当家を騙《かた》る何者かの犯行によるものでしょう」

まるで自分こそが被害者だ、とでも言うかのような沈鬱《ちんうつ》な表情。

最早《もはや》ここまで来ると、一流の役者以上に役に入っていると言っても過言ではないかもしれない。

「ほう？　では其方はこれを知らぬと言うことか？」

「ええ、全く。……その証拠に、その紙には私のサインや侯爵家の印が一切ない」

ただ、悲しいかな。

彼は、役者であっても脚本家ではなかった。監督でも、なかった。

「……ふふふ、ははは っ」

だから、彼は間違えた。

そしてだからこそ、私の書いた筋書き通りに進んでいた。

「……何が、おかしいのでしょうか」

「これが笑わずにいられるか？　其方はこれを知らぬと言った。ならば何故、この屋敷に魔力持ちが捕らえられている？」

「陛下！　捕らえられていた子どもたちを無事、救出致しました」

そのタイミングで、トミーが声高らかに宣言しつつ部屋に入って来る。

……あまりにタイミングが良過ぎて、笑うしかない。

「看守は捕らえたか？」

「勿論です。既に、自供も取れています」

「……だ、そうだ。これでも尚、其方は否定するのか？」

「くっ……」

瞬間、けたたましくベルの音が鳴り響く。

それが、非常事態を知らせる合図と分かるのに、そう時間はかからなかった。

あっという間に、多くのスレイド侯爵家の私兵たちが部屋の出入り口を取り囲んでいた。

狭くはない室内だったが、人が集まり過ぎて狭く感じる。

「その者を、取り押さえろ」

『スレイド侯爵家の私兵たちよ。全員、跪《ひざまず》け』

スレイド侯爵と私の発言は、全く同時だった。

勿論、私の魔法に従って全員がその場で跪いている。

「なっ……ありえない。魔法はこの室内で使えない筈」

「……其方まで、驚くか」

スレイド侯爵の驚く様に、つい私は溜息《ためいき》を吐《つ》いた。

「その者が魔法を無効化することは、分かっている。その上で、余が対策をしないと？」

「だが、魔法を無効化する魔法の対処など……」

「余としては、其方がわからないことの方が驚きなのだが……」

五大侯爵家はそもそも、莫大《ばくだい》な魔力を消費する宝剣に魔力を捧《ささ》げる役目を負っていた。

だから、五大侯爵家ならば宝剣の能力を知っていてもおかしくないのだけれども……最早、その役目は忘れられて久しい。

役目と共に能力すら、忘れ去られたか。

そっと、手をかざす。直後、ズシリとした重みが手にのしかかった。

私の手の内にあるのは、蒼色の光を纏《まと》った宝剣だった。

「これは、叡智《えいち》の宝剣。能力は、敵の魔法の無効化と味方の魔法強化。……つまり、この宝剣の力を発動させ続けている限り、其方の魔法は効かぬ」

スレイド侯爵が、初めて焦りを見せた。

その様が、あまりにも愉快で愛しくて……つい、心が躍ってしまう。

『スレイド侯爵と、その側近よ。其方らも、跪け』

瞬間、彼らも周りの私兵たちと同様その場に跪いた。

屈辱的なこの状況に、彼らは苦悶《くもん》の表情が浮かべている。

「皆を捕縛せよ」

私はそんな彼らをせせら笑いながら、周りに指示を飛ばした。

それまで静かに事の成り行きを見守っていた隊員たちは覚醒《かくせい》してスレイド侯爵たちを捕らえる。

「さて……帰るぞ」

面倒な奴らが動き出す前に……な。

その言葉が聞こえたかは分からなかったけれども、隊員たちは指示通り動いていた。

『こちら、トミー』

突然、私の頭の中にトミーの声が響く。

『どうした、トミー。そう言えば、姿が見えぬな』

『そっちは部下たちに任せたので、俺はウェストン侯爵家に移動しました』

『……計画を立てた余が言うのも何だが、其方は勤勉だ』

『ええ、まあ。もっと褒めてくださってても良いですよ……と言いたいところですが、実際は楽な仕事です。ウェストン侯爵家の主だった者たちは皆、オスカー率いる私兵……反乱軍と言った方が正しいですかね？　まあ、どちらでも良いか。彼らとオルコット侯爵家の兵が既に押さえてくれていましたので』

協力者のアテとは、オルコット侯爵。

ゴドフリーやアーロンに作戦を伝えると同時に、別途オルコット侯爵にも助力を求めていた。

『そうか。オスカーとオルコット侯爵家はしっかり働いてくれたのか』

『ええ。……それはもう、こちらが驚く程』

『ならば、良い』

『と言う訳で、俺は俺と一緒に来た隊員たちと一緒にウェストン侯爵家の奴らを全員連れて王都に戻りますので』

『分かった』

トミーとの通信を終えると、私は王都に戻った。


「……陛下。ご無事の帰還、何よりです」

王都に戻った私を出迎えたのは、ギルバートだった。

「他の皆は？」

「まだお戻りにはなられておりません。……が、それぞれ目標を捕らえたとの知らせが入っております」

「そうか……それは良かった」

「セルデン共和国の者はいましたか？」

「ありがたいことに、今回は余計な手出しはされず……だ」

「それは重畳。急いだ甲斐《かい》がありましたね」

「ああ、そうだな。……セルデン共和国が介入する前に、スレイド侯爵家を捕らえることができて良かった」

「ええ、ええ。………我々《われわれ》が一番恐れていたのは、まさにそれでしたから。いかにルクセリア様であっても、一国を相手にしては難しかったでしょう」

「……と言うよりも、奴らの援助でスレイド侯爵家が逃げたら面倒だった」

私の言葉に、ギルバートは吹き出した。

「ははっ……確かにそうですね。スレイド侯爵も驚いたでしょう。……まさか、救援依頼を出す間もなく捕らえられるとは思ってもみなかったでしょうから」

「そうかもしれぬな」

「……セルデン共和国がこちらの動きを察知する前に、急ぎ捕らえる。ルクセリア様の作戦は見事に上手《うま》くいったようで何よりでした」

「……皆の頑張りがあってこそ、だ」

彼と共に歩いていたら、いつの間にか自室の前まで辿《たど》り着《つ》いていた。

「……少し、休む」

「ええ、承知致しました。……お疲れのところ、申し訳ございません。失礼致します」

ギルバートが去ったところで、私は自室に入る。

「ご無事のお帰り、何よりです」

室内には、アリシアが待機していた。

彼女はその瞳《ひとみ》に涙を浮かべつつも、笑みと共に私を迎えてくれた。

……帰って来たんだな、と彼女の姿を見て思う。

「ただいま」

「ご無事で、本当に……本当に、良かったです」

「ありがとう……アリシア」

それから暫く、涙を流し続ける彼女を抱きしめ続けた。

「……もう、大丈夫？」

嗚咽《おえつ》が止まったところで、そっと私は彼女から離れる。

「すいません、私ったら……」

彼女の頬は、赤く染まっていた。

ああ、可愛《かわい》い。

「ふふふ……良いのよ。だって、それだけ私の無事を喜んでくれたということでしょう？」

「それは……はい。ルクセリア様がご無事にお帰りになられて、本当に嬉《うれ》しいです」

「私も、ちゃんと帰って来られて……貴女にまた会えて嬉しいわ」

それから彼女が落ち着いた後、汚れた衣服を脱いでゆっくりと湯に浸かって疲れを癒した。

そしてその後、ゆったりとした作りの服を着てカウチに深く腰掛ける。

「……アリシア」

「どうかなさいましたか？　ルクセリア様」

「ちょっと、一人にしてもらえるかしら？　休みたいの」

「承知致しました」

皆が部屋を出た瞬間……我慢ができなくなって、その場に倒れ込んだ。

酷く視界が歪《ゆが》んでいて……体中に激痛が走っている。

「……っ」

咄嗟《とっさ》に、声が漏れないようにと唇を噛《か》み締《し》めた。

強く噛み締め過ぎたのか、鉄の味が口の中いっぱいに広がる。

……無理もない。

今回は、宝剣を二つも使ったのだ。

むしろこれだけで済んで良かったと、喜ぶべきなのだろう。

「ゴホゴホゴホッ……」

噛み締めた唇から溢《あふ》れる血とは別に、体の奥底から込み上げた血が口から飛び出た。

「ゴホッ……！」

意識が遠のいていく。

……壊れた器から、サラサラと私の命の刻限が零れ落ちていくのを感じながら、私は意識を手放した。


何処《どこ》までも広がる、深い闇。

どんどんその闇に私が侵食されて、境が曖昧《あいまい》になって……私という存在がなくなりそう。

そんな状況に、恐怖して。

逃げたい……逃げたいと素直に自分の思いを叫んだ瞬間、誰かの手が私を掴《つか》んだ気がした。

そして、目が覚めた。

震える手で支えながら、体を起こす。

……未《ま》だ、怠《だる》い。

けれども意識を飛ばす前よりも、随分と楽になった気がする。

私は体の調子を確かめながら立ち上がり、真っ赤に染まった手を湿らせた布で清めた。

「誰か……」

「……お呼びでしょうか、ルクセリア様」

「あら、フリージア。アリシアは?」

「ルクセリア様がそろそろお目覚めになるだろうからって、お茶を準備しに行きました」

「ふふふ……それは楽しみね。私は、どれぐらい眠っていた?」

「ほんの一刻ほど」

「そう……『フリージア。この布を、誰にも見つからないように廃棄しておいて。その後に』アリシアをこの部屋に呼んで」

「承知致しました」

私が渡した布を隠すように持った彼女を見届け、再びカウチに座ってアリシアの到着を待つことにした。

「ルクセリア様、お待たせ致しました!」

「あら、この甘い匂いは……今日のお茶は貴女《あなた》のデザート付きかしら？」

「ええ、そうです。お疲れかと思いましたので軽めのもの……と、体を動かされたので重めのものと二種類準備致しました。ルクセリア様、どうされますか？」

「ふふふ……なら、どちらも」

「はい、どちらもですね。……って、ええ？　どちらもですか？」

「ええ、そう。アリシアのデザートを逃す手はないもの。それで？　軽めのものと重めのものは、それぞれどんなメニューなのかしら？」

「軽めのものは、ベルルのムースを作成しました。重めのものは、以前ルクセリア様が『タルトタタン』と名付けたケーキを準備致しました」

「まあ、素敵！　有難う、アリシア」

淹《い》れてもらったお茶を飲みながら、ムースとタルトタタンを食べ始める。

「美味《おい》しい！　また腕を上げたわね」

彼女の作ったそれらを、夢中で頬張る。

……ああ、美味しい。

やっぱり、疲れた時にはアリシアの甘いものに限る。

あっという間に食べ尽くした私は、最後にもう一度彼女にお茶を淹れてもらった。

「さて……何時《いっ》までも休んでいては、皆に悪いわね」

そして私は自室の外に控えていた護衛騎士を連れ、執務室に向かう。

「お疲れ様です、ルクセリア様。十分に休めましたか？」

席に着いて暫くしたところで、アーロン、ゴドフリーそれからトミーとギルバートが部屋に入って来た。

「ああ……お陰で、疲れが取れた。すまぬな」

トミーの言葉に応えると、ゴドフリーが眉《まゆ》を下げつつ口を開く。

「我らに謝罪は不要です。……あれだけ魔法を大盤振る舞いされたのですから、休んで当然かと」

「ゴドフリー殿の仰《おつしや》る通りです。情けない話、ルクセリア様の魔法のお陰で、我らは戦場で楽をさせていただきましたからね。その分、後始末で働かなければ我らの立つ瀬がございません」

「アーロンこそ、何を言うか。此度の勝ち星は、其方《そなた》たち一人一人の尽力があってこそ掴み取ったもの」

「勿体《もつたい》ないお言葉です」

アーロンはそう言いつつ、頭を下げた。

「面《おもて》を上げよ。……さて、皆の報告を聞こうか」

アーロンとゴドフリー、それからトミーはそれぞれの戦いを報告してくれた。

「……エノーラのことは、残念であった」

「申し訳ございません。……彼女を救えなかったことは、我らの失態です」

「其方らを、責めはせん。彼女は、其方らに救われることを良しとしなかった。それだけのこと」

「しかし……」

「時を戻せぬ以上、悔やんでもどうしようもない。故に、この件に関してはこれで終《しま》いだ。……彼女を、エノーラの子と共に埋葬することを許す」

「……ありがとうございます」

「……トミー。スレイド侯爵家の屋敷には、其方の部下以外の子どもたちはいたか？」

「残念ながら、いませんでした。既に、セルデン共和国に送られてしまったものと」

「……ギルバート」

「既に、外交ルートでセルデン共和国には抗議を入れています。……ただし残念ながら、スレイド侯爵が自主的に子どもたちを送っている以上、『連れ去った』と抗議することは難しい。よって、『我が国の魔法使いの不当な扱い』を抗議すると共に、我が国で彼らを保護する旨を申し入れています」

「セルデン共和国の反応は？」

「未だ、返答はきておりません」

「ふむ……そうか。トミー」

「はい。今のところセルデン共和国の上層部の反応は二分しています。一つは、強硬派。我が国の抗議に憤慨している奴らですね。中には、実験段階の魔力持ちを投入してアスカリード連邦王国を攻めようとしている奴らもいるみたいです。で、もう一つは穏健派。とりあえず『不当な扱いなど事実無根』と諸外国にアピールするだけして様子見しようとしている奴らです」

「ふはっ……ギルバード。其方の策は見事にハマったな」

私の言葉に、ギルバートは首を縦に振った。

その横で、アーロンが若干首を傾《かし》げたのが目に映る。

「見事に、セルデン共和国は二分し混乱しておる。同時に、ギルバードは他国に示したのよ。魔法を『不気味で恐ろしい力』だと他国に積極的に宣伝し回っている国が、魔力持ちを集めているということを。たとえ、セルデン共和国が否定しようとも問題ない。そんな抗議をされること自体が問題なのだ。……何かを企んでいるとしか思えぬであろう？」

「まあ、そうですな。軍備増強のため、と考えるでしょう」

「たった一つの抗議で、セルデン共和国内に不和を引き起こし、他国がセルデン共和国に対して疑心暗鬼に陥る。それが理解できるからこそ、セルデン共和国も余計に焦っているのであろう。まあ……セルデン共和国の上層部には事実を突かれて逆に怒り出す者たちか、あるいは、事実を隠そうとする者たちしかいないようだからな……混乱は必至であろう」

「はっ……その言葉だけ聞いていると、子どもみたいな反応ですよね」

トミーは冷笑を浮かべつつ、吐き捨てた。

「そう言うてやるな。……トミー、其方は引き続き、セルデン共和国の動きを注視せよ。それから、今回の件……上手く使うと良い」

「ええ。子どもたちを早く取り戻せるよう、頑張りますよ。ね？　ギルバートさん」

「勿論《もちろん》」

二人の返答を聞いた私は、立ち上がる。

「……さて、と。皆、余と共に来るか？」

「私は遠慮させていただきます。今回皆さまが捕まえた各侯爵領の領政を整備するため、諸々業務が溜《た》まっていますので」

「俺もパスです。今はセルデン共和国に集中させていただきますよ。それに、折角誰にも邪魔されずにスレイド侯爵家の屋敷の捜索ができるので、改めて何か出てこないか調べてみようかと」

「そうか。アーロンとゴドフリーはどうする？」

「ならば、私はお供させてください」

「わ、私も」

応諾したアーロンとゴドフリーを連れて、私は牢獄《ろうごく》を訪れる。

今回捕らえたのは、スレイド侯爵家、ベックフォード侯爵家、ウェストン侯爵家……と、非常に多い。

おかげで、牢獄は満員御礼の状態だ。

今回は、カールの元を訪れた。……好みは、後の楽しみにしておきたくて。

階段を降りるごとに、どんどんと暗さが増す。鉄格子に囲まれた牢獄の中、カールは静かにその中央に座っていた。

私はそっと鉄格子に近づく。

「其方が、カールか」

声をかければ、物凄《ものすご》い勢いでカールが近づいてきた。

鉄格子の先にいる私に、救いを求めるように。

私を、救いの神とでも思っているのだろうか？

……そんな疑問に、思わず笑ってしまった。

「……陛下。此度のこと、誠に申し訳ございません！　しかし……私はベックフォード侯爵の無茶な命令を実現するために、スレイド侯爵を頼る他なかったのです」

だから、だったのか。彼はここぞとばかりに捲《まく》し立《た》てた。

聞いてもいないことを、ペラペラと。

へえ……カールとスレイド侯爵は、繋《つな》がっていたのか。

カールからは証拠が出てこなかったけれども、スレイド侯爵家の押収品の中からその証拠を得ている。

ああ……腹立たしい。

彼が口から出す言葉とは全く異なる心の声が聞こえるから、余計に。

「……のう、ゴドフリー。言葉とは、こんなに軽いものなのだな」

「そうですね。私も驚きです」

遠くに控えていたゴドフリーが、近づいてくる。

瞬間、まるで恐ろしいものにあったかのように、カールが後ずさりをした。

「……ゴドフリー。これ程までにカールに恐怖を抱かせるとは……其方、一体何をした？」

「別に、何もしてないですよ？　ただ、捕まえただけです」

本当に心当たりがないとでも言うかのように、ゴドフリーは首を傾げている。

明らかに『ゴドフリー』の名前で反応を示したのだ……それだけ、強烈に印象付ける何かがあった筈《はず》なのだけど。

私はそっと息を吐いた。

「……このような小者に、ベックフォード侯爵は操られていたのか」

ギリリと唇を噛《か》み締《し》める。

ああ……腹立たしい。腹立たしい。

仇《かたき》の一人であるベックフォード侯爵が、こんな男に操られる程度の男だったのだと見せつけられるようで。

「……陛下。少々抑えた方が良いですよ」

ゴドフリーの言葉に、我《われ》に返る。

「ああ……すまぬ」

「いえいえ。陛下のご威光を示す素晴らしい魔力ですが……少々、刺激が強過ぎたみたいですね」

彼の視線の先を辿《たど》れば、鉄格子の中にいるカールが震えていた。

顔色は真っ青を通り越して土気色になっている。

「……其方の言葉を、どうして余が信じられようか。二度も主人を捨て、自らだけ助かろうとした其方のそれを」

私は視線をゴドフリーに移した。

「ゴドフリー。其方、ちゃんと伝えたのか？　余が、この件に関わる者たち全てに対して怒りを感じていることを」

「ええ、勿論」

「それで、これか。……余も舐《な》められたものだな」

再びカールを見下ろしながら、口を開く。

「罪なき領民たちを害したことは、当然許せぬ。……己の罪を噛み締め、残り僅《わず》かの時間をここで過ごせ」

そして私は、その牢獄から去った。

「……お戻りになられるのですか？」

道中、それまで口を閉ざしていたアーロンが問いかけてきた。

「うむ。……好みは後に取っておくタイプでな」

私の言葉に、アーロンは首を傾げる。

「侯爵らは、二日後に査問会が開かれる。どうせそこで相見《あいまみ》えるから、今は良い。……どうせ奴らも、カール同様、下らぬ陳述しか口にせぬであろう？　そんな戯言を二度も聞いてやる程、余の時間は安くない」

「ああ、そういうことですか」

「……何より、その方が楽しいであろう？　皆の前で無様に転がされながら、それでも必死に助けを乞《こ》う様を想像したら……ふふふ」

笑いが、止まらない。……何て、甘美な想像。
アーロンもゴドフリーも、それ以上特に口を挟まない。
おかげで、思った以上に私の笑い声が響いていた。
そうこうしている内に、執務室に到着する。
「二人とも、ご苦労」
上機嫌のまま二人と別れると、私は机に向かって仕事を始めた。

第四章　復讐劇は最高潮を迎えた

青よりも蒼《あお》い、美しい空。
そんな晴れやかな日に、けれども玉座の間には重苦しい雰囲気がのしかかっていた。
……ブライアンは、緊張した面持ちで査問会が開始されるのを待っていた。
ルクセリアも既に玉座に着いて、侯爵たちが到着するのを待っている。
まるで氷でできたかのように、彼女の顔には何の感情も浮かんでいない。
けれども、ブライアンは確信していた。
その表情は、嵐が起こる前の静けさだと。
……この査問会が、平穏のままに終わる筈がないと。
玉座の間には、多くの貴族が集まっていた。
この国を揺るがす査問会を見守ろうと。
そうして、衝撃と共に待ちに待った時がやって来た。
ブライアンを含め、聴衆たちの中での五大侯爵は権力の象徴。
豪奢《ごうしゃ》な服に身を包み、遮る者はいないと言わんばかりに肩で風を切っていた。
それが、今ではどうだろうか。

アーロンたちに連れて来られた彼らは皆、質素な服に身を包み、ただただ肩を縮こまらせている。オマケに、明らかに憔悴《しょうすい》しきっていた。

彼らは玉座から離れつつも、跪《ひざまず》くようにしゃがみ込んだ。

そしてその瞬間を待っていたかのように、鐘が鳴り響いた。

「これより、ベックフォード侯爵家当主バーナード・ベックフォード、ウェストン侯爵家当主レイフ・ウェストン、そしてスレイド侯爵家当主サイラス・スレイドの査問会を開始する！」

玉座の横に控えていた官僚が、室内に響き渡るように叫ぶ。ビリリと、空気が震えた。

「……バーナード・ベックフォードとレイフ・ウェストンの罪状は誘拐と人身売買。両名は領民を攫《さら》い、サイラス・スレイド侯爵に売却していました。サイラス・スレイドの罪状は人身売買と利敵行為。彼は領民たちを隣国セルデン共和国に売却しています」

読み上げられた罪状に、聴衆はザワザワと騒ぐ。

「尚、証拠としてバーナード・ベックフォード氏とレイフ・ウェストン氏のサインが入った人身売買に関する書類が、こちらにございます。また、ルクセリア陛下と国軍兵はサイラス・スレイド氏拘束の折、行方《ゆくえ》不明だった子どもたちが捕らわれているのを目にしています」

官僚が口を閉じた後、ルクセリアが軽く手を上げた。

瞬間、騒《ざわ》めいていた空気がシン……と静まる。

「……何か、申し開きはあるか？」

「陛下……わ、私は騙《だま》されたのです。エトワールとかいう、見世物小屋の者たちに」

レイフ・ウェストンが徐《おもむろ》に口を開いた。

「わ、私もです。腹心の部下に、裏切られてしまったのです……。誓って、陛下を裏切るような真似はしておりません！」

続いて、バーナード・ベックフォードが口を開く。

その必死な姿は、優雅さを誇る貴族のそれではなかった。

「……そうか。ならば仕方ないな」

ルクセリアの許しの言葉に、けれども二人は希望の光をその瞳《ひとみ》に宿す。

ブライアンは、小さく溜息《ためいき》を吐《つ》いた。

まさか彼女の瞳を見て、それでも許しを得られると本気で思っているのか……と。

「とでも言うと思ったか。……随分と、余は見くびられているのだな」

瞬間、彼女から底冷えするような声色で非難の言葉が飛ぶ。

その瞳には、怒りの焔《ほのお》が燃えていた。

「「なっ！」」

「話をすり替えるな。その言い訳は誘拐には通用するが、人身売買には通用せぬ。何故《なぜ》なら、ここに其方《そなた》らの印のある書類がある以上、其方らが領民を受渡し、そしてその対価を受け取っていたことは覆せぬ事実だからだ。その事実がある以上……人身売買だと認識していなかったとは通用せぬであろう？」

「それは……」

「これ以上、戯言《ざれごと》にしかならぬ申し開きは結構。……さて、サイラス・スレイド。其方は何か申し開きはないのか？」

今尚焦った様子のレイフ・ウェストンとバーナード・ベックフォードとは対照的に、サイラス・スレイドは落ち着いた雰囲気を醸し出していた。

「……ございませぬ」

「ほう？　良いのか？」

「良いも何も……この場に引き摺《ず》り出された以上、私が負けたことは確定していますから。……これ以上、お前たちも見苦しい真似はよせ。ラダフォード侯爵を裁いた誠実の剣を持つ以上、この場で嘘を重ねれば重ねる程、不利になるだけだ」

サイラス・スレイドの諫めるような言葉に、レイフ・ウェストンとバーナード・ベックフォードはいきり立つ。

「なっ……！　お前のせいであろう！」

「そうだ！　お前が私たちを唆したせいだ！　十一年前だとて……」

「ベックフォード侯爵！」

バーナード・ベックフォードの言葉を遮るように、サイラス・スレイドは叫んだ。

「……ああ、そうだ。其方たちに言われずとも、私自身で認めよう。今回の件、全て私が企てたものです」

シン……と、再び辺りが静まり返った。

聴衆たちは、驚いた表情でサイラス・スレイドを見つめている。

サイラス・スレイドの言う通り、査問会に引き摺り出された以上、罪を免れることはない。

けれども彼は、決定的な一言を自ら告げた。

最早《もはや》罪を軽くしようと誤魔化すことも、言い逃れをすることもできない。

自ら首を絞めるような真似をした彼を、聴衆たちは驚きを以《もっ》て見つめていた。

「そ、そうだ……！　全ては此奴《こやつ》が悪いんです！」

「そうです、陛下！　最も責任が重いのは、彼です！」

今度はサイラス・スレイドの言葉に希望を見出したのか、レイフ・ウェストンとバーナード・ベックフォードが再び口を開く。

「そうだ！　私の罪が最も重い。そう認めているではないか……！　だからお前たちはもう、余計なことは言うな！」

罪を擦《なす》りつけようとするレイフ・ウェストンとバーナード・ベックフォード。

そんな二人を咎《とが》めるようにサイラス・スレイドが言葉を重ねることによって、皮肉にも、より二人が醜く愚かに感じられ、逆に彼自身はより清廉な者に映る。

……滑稽《こっけい》だった。

「ふふふ………ははは！　あははは！」

まるでその滑稽さを嘲笑《あざわら》うかのような笑い声が、響き渡る。

瞬間、場が凍りついた。

この場に相応《ふさわ》しくない笑い声が響いたせいではない。

……否、ある意味笑い声のせいか。

その笑い声は、聴衆の耳には恐ろしい何かに聞こえた。

まるで死そのものが囁《ささや》きかけてきたかのような、凍える程に冷たいそれ。

そしてそれと同時に、肌が焼きつく程の重圧が玉座から放たれていた。

誰もが恐ろしいと言わんばかりに、ルクセリアから視線を逸らす。

「……殊勝だな、サイラス・スレイド」

ニタァと、彼女は笑みを浮かべた。……否、あれは笑みではない。

口が裂けた、という表現の方が合っていた。

「……本当に、意外だ。其方に家族の情があったとは」

何故か、彼女は納得していた。

一体彼の言葉の何が彼女の琴線に触れたのか、誰も分からなかったようだ。

……ただ一人、サイラス・スレイドを除いて。

明らかに彼は、ルクセリアの言葉を聞いて顔色を変えていた。

「其方からすれば、確かに二人には黙っていて欲しいであろうな。何せ二人は共犯者。都合の悪い事実を知っている彼らが、余計な事を口にしては堪らぬであろう。今回の件も然り……昔の件も然り」

ついにサイラス・スレイドは震え出す。

けれども彼女は、止《と》めない。……彼を追い詰める、言葉を。

「余が知らぬとでも、思っておったか？　其方の罪を。そして其方の横に並ぶ者たちの罪を」

彼女の言い回しは、意図的に核心を突くことを避けていた。

サイラスを含め聴衆たちはその意図を問いたい衝動に駆られたが……けれども、できない。

彼女から漂う恐ろしい圧に、誰一人として口を開くことができなかったのだ。

「お……お許しください！　陛下！　家族は何の関係もないのです！　全て私が一人で企て、行ったこと」

「知っている。だが……ふふふっ。最早余が、『はいそうですか』と止めることはないことを、其方は悟っているのであろう？」

「陛下！」

救いを求めるように、サイラス・スレイドが叫んだ。

「……此度《こたび》の件は、全て五大侯爵家という特権が招いたものだと余は重く受け止めている。故に、ウェストン、ベックフォード、スレイド侯爵家は爵位を取り上げ、家を取り潰《つぶ》す」

……けれども、裁決は下った。

彼女は、歌うように、囁くように言葉を紡ぐ。

「更に、レイフ・ウェストン、バーナード・ベックフォード、それからサイラス・スレイドは死罪。彼らの八親等以内の者たちは同様の罰を受け、その他係累たちの家も全て取り潰しとする」

柔らかで軽やかな口調とは裏腹な重い言葉に、室内の温度は更に下がった。

誰もが、呆然《ぼうぜん》としている。

「……陛下。人身売買でその罰は、あまりにも重いのでは？」

静まりかえったその場で、ルクセリアを諫めるような言葉が響いた。

「人身売買、か。ふふふっ………ははは っ！」

彼女は声をあげて笑ったかと思えば、すぐにピタリとその笑みを止める。

「……バーナード・ベックフォード。此度の件は、サイラス・スレイドが唆したのだな？」

「は、はい！　そうです！」

「十一年前の事件も？」

「はい、そう……で……」

突然、バーナード・ベックフォードの言葉が止まった。

その顔色を見れば、先程の比ではない程に血の気を失っている。

「……ん？　どちらなのか分からぬではないか。……ああ、そうか。そもそも、十一年前の事件とは何か、周りの者に教えてくれぬか？」

彼女の言葉は、聴衆たちの心の内を見事に代弁していた。

先程からチラホラと出てくるものの、誰もが核心に触れずにいたそれ。

けれども、誰もが理解していた。

それは、決してただ事ではないということを。

その証拠に、バーナード・ベックフォードがカタカタと震え出していた。

「レイフでも良いぞ？　皆に、説明してやらぬか」

ルクセリアがレイフ・ウェストンに話題を振るが、彼もまた、バーナード・ベックフォード同様口を閉ざしたままだ。

「どうした？　二人とも、言えぬのか？　十一年前、其方たちがサイラス・スレイドと共に前王と妃を殺したことを」

再び、部屋の時が止まった。

……誰もが、その衝撃的な言葉に固まっている。

もしかしたら……という疑いは、確かにあった。

それだけ、五大侯爵家の力が強まっていたから。

けれどもそれと同時に、まさか……との声も大きかった。

それだけ、人々の中に王への畏敬《いけい》の念が残っていたから。

「ふふふ……ははは っ！」

突然、ルクセリアが声をあげて笑い出す。

彼女が笑い出すことで、辺りの騒めきがピタリと止まった。

次は彼女の口から何が飛び出すのか……と、誰もが笑う彼女を恐る恐る見守っている。

「最早、反論する気力も気概もなし……か」

愉快そうに見下ろす彼女の視線の先にいる彼らは、彼女の言う通りの状態だ。

レイフ・ウェストンが俯《うつむ》きぶつぶつと呟《つぶや》く横で、バーナード・ベックフォードが天を仰ぎ呆《ほう》け、そしてサイラス・スレイドは固まっていた。

「……ギルバート」

「はい。……三名とヴィクセン・ラダフォードは前王とその妃を殺害するために、結託していました。そしてその結託の証として、犯行に関わる証拠を交換して保有していました」

「今回……人身売買の件で家宅捜査をした際に、その証拠を全て押収しています。……お陰様で、当時事件に関わった者たちを全員検挙することができました」

「と、言う訳だ。……さて、サイラス・スレイド。王族反逆罪の罪は？」

ルクセリアの問いに、けれども彼は答えない。

ただ、いっそ哀れな程に体を震わせるばかりだ。

「連座だ、と其方が言っていたではないか。……ラダフォードの一件の時に」

彼の反応とは逆に、彼女は笑う。楽しそうに。

「父母を殺害し余をも亡き者にすれば、直系の王族が余以外いない今、確かに其方らはそれぞれ王になれたやもしれぬな。……否、王位を取り戻すと言った方が其方らには分かり易いのか？　まあ、儚《はかな》き夢であったが」

けれども、何故だろうか。彼女が笑えば笑う程……哀れだった。

「余は、許さぬ。容赦せぬ。誰も、止めるな。目を背けるな。余は、余の名の下に全ての者を処断する」

まるで、目に見えない傷がジュクジュクと膿《う》み、更に彼女を苛《さいな》んでいるかのような……そんな痛々しい笑いだったからだろう。

「……判決は下りました。これにて、査問会は終了致します」

そして、ギルバートの冷たい声で査問会の幕は閉じた。

その後、彼女の指示の下、スレイド、ベックフォード、ウェストン侯爵家の断罪を敢行。

そしてそれと同時に、十一年前の事件……前王と王妃殺害事件に関与した者たちをも断罪。

その中には、彼らの息がかかった官僚たちの追放処分も含まれる。

多くの血が、流れた。

彼女の苛烈《かれつ》な手腕と冷酷な判断に、誰もが恐怖した。

けれども皮肉にも、彼女の有能さはこれを機に証明される。

建国以来全く例のなかったこの大騒乱に、けれども彼女は混乱を招くどころか、その手腕を発揮し、見事国政と領政を掌握。彼女の基盤を盤石なものとした。

……この一件は、やがて『血塗《ちまみ》れの大粛正』と呼ばれるようになる。

そしてその名は国内外問わず轟《とどろ》くこととなった。

第五章　女王は、絶望する

　コツン、コツン。

　白黒格子柄の盤面上にある駒を弄《もてあそ》ぶ音が、室内に響く。

「楽しそうですね」

　部屋に入って来たのは、トミーだった。

「……ん？　そうか？」

「そうじゃないんですか？　やっと、宿願が叶《かな》ったんですよ？」

「確かに、捕まえたその時は楽しかった。奴らの哀れな姿を見た時には、それはもう……胸のすく思いだった。その筈《はず》なのに……何故《なぜ》だか、今は胸にポッカリと穴が空いた心地がする」

「目標を失ったから、ですかね？」

「ああ……そうかもしれぬな」

　一つの白王を残して、白の駒を全て転がした。

　これで残った駒は、白王が一つ。

「……それで？　セルデン共和国の動きは？」

「面白いぐらいこちらの思惑通りに動いてくれていますよ。各国に向けて、今回の粛清の件を利用して散々アピールしています。アスカリード連邦王国は、魔の国。そして陛下は、臣民を虐殺する残虐な王にして魔に魅入られた魔王と」

「ははは…っ！　魔王とは……セルデン共和国もお伽話《とぎばなし》好きが過ぎる」

「あれ、魔王って称号がそんなに気に入りました？」

トミーが不思議そうに首を傾《かし》げる。

……そうか。考えて見れば、この世界に魔王が出てくるお伽話はないか。

物語の悪役は、大体黒魔女だとか悪魔。

その悪の象徴に『魔王』が仲間入りする理由が私とは……もう、笑うしかない。

「中々大層な称号を貰《もら》えたものだな、と。やがて黒魔女や悪魔を超える恐怖の象徴になるかもしれん」

「それはおめでとうございます」

「ありがとう。……もう少しか？」

「そうですね。もう少しですよ」

「そうか。ならば余は、もうただ待てば良いのだな？」

「ええ。アーロンさんとゴドフリーさんとの連携は、俺の方でしておきますから」

「分かった。……よろしく頼んだぞ」

「承知致しました。それでは、失礼致します」

トミーが部屋を去ったと同時に、『侯爵』が部屋に入って来た。

「……其方《そなた》も上手《うま》くやったな。ダグラス・オルコット」

彼の姿を見ると同時に、私は呟く。

「これで其方はこの国唯一の、侯爵。……他の侯爵が不正に手を染めた中、唯一王を支え続けた忠臣。筋書きとしては、素晴らしいであろう？」

「……皮肉でしょうか？」

彼の言葉に、クスリと笑う。

「まさか。真実、そう思っているだけ。さて、侯爵。もう、良いな？」

私の問いに、一瞬侯爵の顔が強張った。

けれどもすぐに笑みを浮かべ、頷《うなず》く。

「侯爵……其方は、知っていたな？　十一年前の計画を。……けれども、其方は止めなかった。加担はせずとも、止めなかった」

スレイド侯爵が残した物は、全て目を通した。

どれを見ても、オルコット侯爵が十一年前の事件に関与したことを示すそれはない。

けれどもある一時、オルコット侯爵はスレイド侯爵の招待を断っていたことがある。

同じ時期にスレイド侯爵からの誘いをそれぞれ受けた侯爵は、以降十一年前の事件に加担していることを踏まえれば……それが何の招待かは大体想像がつく。

とは言え、手紙の中には何の明言もされていなかったため、あくまで想像の域を超えないが。

「全く……『心域《しんいき》』に頼り過ぎてはならぬな。其方の心の声は、確かに嘘は言っていなかった。だが、全てを言ってもいなかった。ただ、それだけ。……それに事件の折には無理をせねば余は魔法が使えなかったことも、其方にとっては功を奏したな」

「……言い訳に聞こえるかもしれませんが、何か良からぬことを考えていることは理解していました。けれどもまさか、陛下と妃を殺害するなどと大それたことをするとは……」

「……まあ、良い。罪の意識か最後の良心か、はたまた余が偶然五つの宝剣を呼び出したからか……其方は土壇場で、余についた。直接加担していないのも、理解している。だからこそ、其方の存在には目を瞑《つぶ》った。それで、何が不満か？」

「……いいえ。何も」

「それは良かった。昔宣言した通り、領政に関する其方の権限はほぼ失わせた。何か、不満はあるか？」

「いいえ、何も。他領は完全に王政に組み込まれつつある。そのような中で邪魔をすれば、自動的にオルコット侯爵家のみが独自の対応を迫られることになる。それは事実上、この国から見放されることと同義」

「まあ、そうだな。だが同時にオルコット侯爵家は、引き続き一定以上の税収が見込める。唯一残された侯爵家として尊敬の念を浴びる。それで不満と言われたとしても、どうすれば良いのか余も答えを持ち合わせていなかった」

　私は笑みを深めつつ、最後の白王に手をつける。

「……十一年前、彼らを止められなかった罪を贖《あがな》うため、私は当主の座から降り、蟄居《ちっきょ》致します。以降、息子には私の罪を告白すると同時に、一族を見逃してくれた温情をよく言い聞かせました。陛下の良き手足となるでしょう」

「ならば、良い。くれぐれも、余を失望させるなと伝えておけ」

「……畏《かしこ》まりました」

それからオルコット侯爵が退出すると同時に、アリシアが入って来た。

「ルクセリア様！　お茶をお持ちしました」

「ありがとう、アリシア」

アリシアが淹《い》れてくれたお茶を、ゆっくりと飲む。

瞬間、花やかな香りが私の口に広がった。

「……何か、変わったことはあった？」

私の問いかけに、彼女は記憶を浚《さら》うように視線を上に向ける。

やがて考えが纏《まと》まったのか、遠慮がちに口を開いた。

「……そうですね。街中が騒がしい気がします」

「騒がしい？」

「はい。その……隣の国が、攻めてくるかもしれないって」

「あら……それは皆、きっと不安になっているでしょうね」

「はい……。あの、大丈夫ですよね？」

「まあ……アリシアも心配？　大丈夫よ。貴女《あなた》のことは……必ず守ってみせるから」

「そうではなくて……！　ルクセリア様が、です！　ルクセリア様は、いつも無茶ばかりしていますから……」

彼女の言葉に驚いて、つい、返事に詰まってしまった。

「私は、無理を申し上げているかもしれません。ですが……私にとっては、ルクセリア様以上に大切な人はいないのです……っ！　だから、だから……」

「……ありがとう、アリシア」

自然と、笑みが浮かぶ。

ポッカリと空いた穴に、温かな気持ちが流れ込んでいるような心地がした。

「そんな、悲しそうな顔をしないで。笑って。貴女が笑顔でいてくれたら、私は頑張れるから」

「ルクセリア様……」

「……さ、顔を拭《ふ》いて来なさい。それで、今度は素敵な笑顔を見せて」

「す、すみません……。失礼致します」

それから私は、彼女の淹れてくれたお茶を飲みつつ書類に目を通す。

本当に、無茶を押し通させてもらったなと。

今回の粛清で、多くの者がいなくなった。それでも混乱を最小限に留めることができたのは、協力してくれた人たちのお陰だ。

「失礼致します」

入って来たのは、灰色の髪が特徴的な平凡な顔立ちの男とゴドフリーだった。

「二人揃《そろ》ってここに来るのは珍しいな。モーガン。その顔は見慣れたか？」

そう言うと、モーガンは照れたように笑った。

「ええ……やっと鏡を見ても、叫ばなくなりましたよ」

モーガンは、粛清から生き延びた後に改名した今の名前。

本当の彼の名前は、オスカー・ウェストンだ。

「それは良かったな。それにしても、こうも上手くいくとは……流石《さすが》だな、ゴドフリー」

「いえいえ、私の可能性を広げてくださって感謝しかありません。まさか、私の『改変』をこんな風に使うとは……全く思いつかなかったです」

オスカー改めモーガンの顔が変わったのは、ゴドフリーの魔法のおかげ。

今までその活用方法が思い浮かばなかったんだけれど、必要に迫られたおかげか、今回ふと思いついたのだ。

形を変えることができる彼の魔法なら、人の姿も変えることができるのでは？　と。

結果は良好。元の彼の姿とは似ても似つかないそれだ。

そして、彼にはギルバートの補佐として仕事を任せていた。

ちなみにアニータは魔力持ちの子どもたちの地位向上を助けたいと、そのままギルバートの補佐として手伝っている。

エトワールとの協力関係も続いていて、不遇な魔力持ちを発見した場合には王国として保護するような手筈《てはず》を整えていた。

「さて、要件は？」

「幾つか書類をお持ちしました」

「ああ、そうか。後で読んでおく」

「よろしくお願いします」

私は受け取った書類を、机の上に置く。

机の上には幾つもの書類が山積みになっていた。

「……凄《すご》い量ですね」

ゴドフリーが感心したように呟《つぶや》く。

「余の机の上は、まだマシよ。ギルバートやモーガンの机の上の方こそが、それはもう凄いことになっているであろう」

そう言えば、モーガンは頭を下げた。

「私の罪を思えば、当然のことです。……おめおめと、一人生き残ったのですから、その分国に貢献せねばなりません」

「……辛いか?」

「……いいえ。辛いとは、口が裂けても申しません。それが、私に与えられた罰ですから」

「そうか……」

「……それに、机の上の書類が多いのは、単に私の処理能力の問題かと。ルクセリア様の期待に十分に応えられていないのが、申し訳ない限りです」

「謝る必要はない。粛清の後始末が全然片付いていない故、仕方ない。……ギルバートなど、今や日に一度僅《わず》かな時間しかここに報告に来れぬ程に多忙を極めているようだ」

「……ええ、そうですね。旧三侯爵家の粛清は、それだけ方々に影響を及ぼしていますから。それだけの大きな出来事の中で、陛下とギルバートさんが混乱を最小限に収めていることは、本当に凄いことだと思っています」

「ずっと昔から準備を進めていただけのこと。三侯爵家同時というのは業務量が多過ぎてキツイが……まあ、皆であればやり通せるであろう」

それから幾つか、モーガンに対して領政の業務集中に関して指示を出す。

前例としてラダフォード侯爵家の一件があったおかげか、以前よりも順調に進んでいるようだった。

「……とは言え、焦っても仕方ないが、早く片付けなければならぬな。もう少し道筋が立ち、内部の憂いを払わなければ……子どもたちを迎えに行くにも万全には戦えぬ」

「……陛下のお気持ち、分かります。ただ、相手は国家です。万全の体制を整えるに越したことはないでしょう」

「そうですねえ……ですが残された時間はあと少し、といったところでしょうか。トミーさんの工作が上手くいって、大分セルデン共和国内の混乱が深まっていますから」

「そうだな。子どもたちを早く助けるために早くセルデン共和国に行動を起こして欲しいが、国内の背景を思えばもう少し待って欲しいとも思う。……計画していた時から分かっていたことだが、それでも矛盾した願いを抱いてしまうものだな」

ふと、ゴドフリーを見上げる。

「……話が逸れたな。それで？　ゴドフリーは、どのような要件で？」

「暫く任務にて王都を離れますので、ご挨拶《あいさつ》をと」

「ああ……そうか。其方《そなた》であれば万が一はないと信じているが、武運を祈る」

「有難うございます」

「なぁ……モーガン、ゴドフリー。其方ら、もし魔法を失くせる方法があったら、魔法を失くしたいと思うか？」

私が何を思ってそんな質問をしたのか、二人にはすぐ分かったようだ。

「……失くす必要はないと思います。魔法は、あくまでただの便利な道具。魔法を持っていることに、善も悪もない。……確かに、人は間違うことはあるでしょう。ですが、だからと言って、可能性を全て摘み取るべきではないと思います」

モーガンの言うことは、尤《もっと》もだった。

魔法は、使う人の心の有り様で善にも悪にもなる。

誤った使い方をしたとしても、それは魔法そのものが問題なのではなく、魔法を持つその人自身の問題。

故に、責任の全てを魔法そのものに負わせるのは……それこそ、間違いだろう。

魔法のせいと逃げ道を作ることこそが、人への甘やかしだ。

「私個人としては、魔法はなくなっても良いと思っていますよ」

けれどもゴドフリーの意見は違った。

まさか魔法師団長からそんな言葉が出てくるとは思わなくて、素直に驚く。

「学術的には大変興味深く、なくならない方がありがたいのは確かですけれども……人も、社会も魔法を持てる程に成熟していない。ならば、魔法なんてなくても良いと思います。私を含め、一時的に職を失くす人は出ますが……大丈夫です。魔法がなくても、人は生きていけます」

けれども、だからこそ彼の言葉には説得力があった。

彼の言葉は、核心を突いている。

……セルデン共和国との間に広がる、埋めようのない意識の差を。

「……そうか。二人とも、ありがとう。大変有意義な意見交換であった」

「いえ。……それでは、私たちも失礼致します」

そして二人も部屋を去って行った。

私は、隠し部屋にいた。

「……本当は、ここに来る資格は私にないのだけど」

そんな独り言を呟きつつ、そっと眠り続ける彼に近づく。

「もう少しよ。……もう少しで、貴方《あなた》を目覚めさせることができる」

反抗勢力は、全て潰《つぶ》した。でも国内の情勢は……まだ落ち着いたとは言い難い。

何より、これから更に血塗《ちまみ》れる私の姿を彼に見せたくなかった。

「……今回ね、皆に随分助けてもらったのよ」

もともとは、私一人で決着をつける予定だった。

例えそれで私の命が燃え尽きても良いとすら、思っていた。

だからこそ、国政の権限は可能な限り私から委譲し、手続きや体制を整えることに集中してきた。

粛清後、国に与える影響を抑えるために。

おかげで、多少の混乱があったところで致命的な問題にはならないと確信した。

例えば、官僚たちの追放と処刑。

過去、ラダフォード侯爵家系の官僚たちがボイコットをしてくれていたおかげで、緊急時に人手が足りなくとも機能不全にならないようにするにはどうすれば良いか、皆が理解している。

領政についても、同じ。

既にラダフォード侯爵領の業務を国政に集中したことがあるから、その経験を活かすことができる。

何より、人材。

ギルバートには必要な権限を全て渡していたし、彼の下に集まる面々も皆優秀だ。

だから、何があっても大丈夫だと……そう、確信していた。

けれども、できなかった。

それは、セルデン共和国の一件を知ったから。

流石に内憂外患の状態で全てを対処しろと放り投げるような無責任なことはできない。

それに、魔力持ちへの偏見を見過ごすような真似をしたくなかった。

……嫌な夢を、思い出す。
今いる魔力持ちの人たちは皆、私であり、幼い頃のアリシアだ。
自らの魔力に振り回された、私。
周りから疎《うと》まれ、魔力を暴走させ、結果、自身の心が傷ついたアリシア。
彼らと私たち、何か違うだろうか。
いいや、同じだ。
魔力に振り回され、他に疎まれ、結果、傷ついている。
きっと、魔力が、魔法が悪い訳じゃない。
だって、魔法は単なる力だから。
……そこに善も悪もない。
ただ、人が未熟なだけ。
そうだ、私は悲しくなかった。
魔力持ちが虐げられていることを。
前に、ゴドフリーは悲しいと言っていたけれども。
私はただ、呆《あき》れ、諦《あきら》めただけ。
そんな理不尽なことを平気でする、人という存在に。
きっと、初代王は信じた。魔法と人が、共存する世界を。
だから、その高尚な理想を基に、この国を建国したのだろう。

人の意識が変わることを願って、時を稼いだ。

でも、変わらなかった。

だから、私が終わらせる。宝剣には、それを可能にするだけの力があるのだから。

それ故に、今回は魔力の使用を抑えた。

そしてその代わりに、皆を頼った。

でも……それで、良かった。

「私、沢山の人に支えられていたのね。そのことに気がつくのが遅くて……本当、駄目だったわ」

多くの人と一緒に考え、共に行動して。

駒としてじゃなく、生身の人間として彼らを認識した。

そして彼らの存在が、僅かに私の心を揺さぶったのだ。

「……でもね。温かい気持ちを知れば知るほど……どうしてかしら？　私は、余計に許せなくなってしまうの。人の、醜い心が。それを許す、世界の理不尽さが」

優しい人になりたかった。

穏やかな世界で、笑顔に囲まれたかった。

でも、ダメだった。

穏やかな世界に触れれば触れるほど、私の中で疑問が湧き上がる。

どうして、私は穏やかな世界に別れを告げなければならなかったのだろうか。

どうして、大切な人たちを奪われなければならなかったのだろうか。

そしてそんな行き場のない疑問は、私の外にも向けられた。

どうして、優しさを諦めなければならない人がいるのだろうか。

どうして、穏やかな世界を奪われる人がいるのだろうか。

ただ、魔力持ちというだけで。

どうして、世界はそれを許すのだろうか。

そしてそんな疑問と共に、私の心がどんどんと黒く染まっていった。

優しい世界を見れば見るほど……私は自分の黒さを思い知らされる。

最早《もはや》、矛先は五大侯爵家だけじゃなかった。

理不尽を許す世界そのものが、私の憎しみの対象だった。

……皆の幸せを願う気持ちは、確かにあるのに。

それでも、それ以上に人への諦めとそれ故の憎しみが私の心を占めている。

「やっぱり、もう少し眠ってもらわないとね。……今の私の顔、きっと醜い」

これだけ、醜い感情が私の心を占めているのだ……きっと、顔にも出てしまっている。

だから、見せたくない。

彼の中にある私の姿は、アリシアが丹精込めて作り上げた婚礼衣装のそれ。

……こんな醜く成り果てた私ではなく、思い出にあるその姿を、彼の中に残しておきたかった。

「ルクセリア様。デザイナーが来ていますよ」

背の向こうからアリシアの言葉が聞こえて、私は本を閉じつつ振り返る。

「あら……そう。アリシアはよく私がここにいると分かったわね」

「ルクセリア様は図書室がお好きですから」

「好き……そう、ね。というより、ここが落ち着くのよ」

……あまり外に出たことがない私にとって、ここは唯一の娯楽の場所だった。

「……それにしても、デザイナー？」

「半年後の建国祭のドレスですよ。ルクセリア様、お忙し過ぎて中々ご予定が押さえられなかったのですが……いい加減決めないと、制作が間に合わなくなってしまいますから」

「ドレス、ねえ……」

私は本を戻してから、再びアリシアに向き直る。

「もう、デザイナーに任せちゃいましょう。体型は一ミリも変わってないから、それで作ってもらえば良いわ」

私の提案に、明らかにアリシアは残念そうにしていた。

……そういえばいつもドレスを作る際は、私以上に張り切っていたっけ。

「その代わり、アリシア。今日、この後予定はあるかしら？」

「……予定、ですか？　お仕事をしていますが……」

「なら、決定！　一緒に出かけましょう」

「お出かけ？　え、ルクセリア様がお外に出られると？」

「そう。せっかく時間があるのだもの……少し、外に出たくって。さあ、アリシア。着替えを手伝ってくれる？」

「でも、ルクセリア様。ルクセリア様がお外に出られるのであれば、護衛の方々を……」

「大丈夫、大丈夫。さ、早くしましょう」

私はそのまま強引に事を進め、アリシア様がアリシアと二人でこっそりと城の外に出て行った。

城門を越えたところで、私は思いっきり体を伸ばす。

「アリシアのおかげで、楽に外に出られたわ。流石《さすが》、門番と顔見知りというだけあるわね……って、アリシア？」

アリシアは不自然なまでにキョロキョロと辺りを見回している。

「……アリシア。そんなに緊張しなくても、大丈夫よ」

「ですが、ルクセリア様。護衛もなしに外だなんて……ルクセリア様に万が一のことがあったら……」

「ふふふ、心配してくれてありがとう。でも、大丈夫よ。貴女《あなた》のおかげで、こんなにバッチリ変装できているのだし」

「ですが……」

「そんなことより、やっと貴女とお出かけができているのよ？　私はめいっぱい楽しみたいわ」

「やっと？」

アリシアの問いに、私はハッと我《われ》に返った。

『やっと』とは、十一年前の誕生日の約束を思い浮かべてつい言ってしまった言葉なのだけど……

その記憶を持っていない彼女が疑問に思うのは仕方のないことだろう。

「ホラ、ずっと貴女には外の話をしてもらっていたじゃない？　だからずっと、貴女と外に出てみたかったの」

「光栄です、ルクセリア様」

「という訳で、楽しみましょう？　ルクセリア様と呼ぶのは禁止。私のことは、セリアと呼んでね」

私はそう言うと、早速前へと進み出していた。

はやる気持ちが抑えられなくて、つい早歩きになる。

まだ何か言いたげだったアリシアは、けれども私につられて結局前へと足を進めていた。

「夕方なのに、結構人がいるわね」

キョロキョロと大通りを見ながら、素直な感想を口にする。

「そうですね。裏の路地にさえ行かなければ、安全になりましたから」

「なるほど」

ブライアンの案を元に王都の警備見直し案を施行したけれども、中々功を奏しているようだ。

後で奏上したブライアンは褒めておこう。

それから、あちらこちらと目に映るままに店を冷やかした。

「……少し、値が上がっている？」

「そうですねえ。特に食料品関係は、ここ最近値段が上がっています」

セルデン共和国との戦争が噂になっているせいか。

様子を見て、価格調整の為に介入して……と、いけない。

折角アリシアと外に出ることができたのだ……今だけは、仕事を忘れよう。

そして私は、めいっぱい外の世界を楽しんだ。

「今日は楽しかったわね、アリシア」

そう言いつつ、自然と口角が上がる。

「はい！　ルクセリア様」

「あらダメよ。その名を大きな声で呼んじゃ……」

瞬間、ブワリと強く風が吹いた。

そしてそれと同時に、私のショールが風に乗って飛んでいく。

アリシアが、ショールを追いかけて走って行った。

「あ……」

……彼女が全力疾走する姿を、久しぶりに見たからだろうか。

十一年前、私が彼女を失うキッカケが鮮明に私の中で蘇《よみがえ》って、自然と体が震えた。

「ダメよ、ダメ。……アリシア、行っちゃダメ」

口から出た言葉は、擦れて声にもならない。

暫く、その場で呆然《ぼうぜん》と立ち尽くしていた。

再び、強風が体を突き抜ける。

……ダメよ、ダメ。

アリシアを、一人にしちゃダメ。

私は自身に言い聞かせ、拳《こぶし》を握ると共に走り出した。

……確か、こっちの方に来ていた筈《はず》。

記憶を頼りに裏路地の方を進めば、彼女がいた。

……何故《なぜ》かその後ろには子ども、そして睨《にら》み合うように彼女の正面には男が三人。

「一体、これはどういう状況かしら？」

「あ！　……あの、すみません。このショールを掴《つか》んだ時に、この子とぶつかりまして……」

焦ったように答える彼女に、私は笑みを向けた。

「アリシア、大丈夫？　怪我《けが》はない？」

子どもと男たちをまるっと無視して、彼女に歩み寄る。

「あ、あの……大丈夫です、はい。私を置いて、お先に……」

「まあ、貴女を置いてなんていけないわ。……貴方たち、一体彼女に何の用かしら？」

彼女より前に立ち、いかにもガラの悪い男たちを睨みつけた。

「こ、この女に用はねえ。その、後ろの餓鬼を渡せ！」

前方への警戒を緩めることなく、チラリと後ろを振り返る。

アリシアの後ろに隠れるようにいた少年は、震えながら首を横に振っていた。

私は軽く溜息《ためいき》を吐《つ》くと、再び男たちと目を合わせる。

「申し訳ないけれど、この子は私が預かることになったの。……だから、用件を聞かせてもらえないかしら」

「用件も何も、その餓鬼が俺たちの金を擦ったんだ」

子どもに視線を向ければ、明らかにその子は視線を泳がせていた。

私は深く息を吐くと、懐から金貨を出す。

「それは申し訳なかったわ」

謝りつつそれを渡せば、男たちはそれ以上何も言わず去って行った。

……もっと金を寄越せだとか、更なる要求があるかもしれないと思っていたけれども、意外と良い人たちだったようだ。

彼らが完全に去った後に、子どもに向き直る。

「……ホラ、面倒ごとは去ったわ。さっさと帰りなさい。これに懲りて、今後は悪さをしないようにね」

子どもは反発するように何かを呟《つぶや》いた。

けれども声が小さ過ぎて、聞こえない。

「……何かしら？」

「……だから、帰るところなんて、ない！」

瞳《ひとみ》に涙を溜《た》めながら、けれども睨みつけるような目つきで私を見ている。

「帰るところがないって……親と喧嘩《けんか》でもしちゃった？」

アリシアが子どもに目線を合わせるようにしゃがみつつ、問いかけた。

「……違う！　お、俺が……魔力持ちだからって」

「そうか……」

つい、溜息が漏れる。

それに反応したのか、子どもは震えていた。

「安心して。私も、アリシアも魔力持ちだから」

「嘘だ！」

「嘘じゃない。……ホラ」

軽く、魔力を放出させる。

少年は、すぐにその力に気がついたようだ。……瞬間、堰《せき》を切ったように子どもの瞳から涙が溢《あふ》れる。

「その姿からして、家を追い出されたのは昨日今日の話ではないでしょう。今まで、どうしていたの？」

「……村を追い出されてから、王都に来た。王都なら、何とかなるんじゃないかって。でも、俺みたいな餓鬼はどこにも雇ってもらえなくて……さっきみたいに金を擦って、生きてきた」

「……そうか」

私は子どもを抱き上げると、歩き始めた。

抱き上げられた子どもも、アリシアも驚いたように目を丸くしている。

「ル、ルクセリア様⁉」

「貴方《あなた》を連れ帰るわ。食事も、学ぶ機会も全部あげる。貴方は庇護《ひご》を受けて暮らし、学び、魔力の扱いに慣れ、大人になった時に自分の手で糧を生み出せるようになりなさい。大丈夫よ、途中で放り投げるような真似、しないから。貴方が助けを不要とするまで……最後まで、面倒を見てあげる。……私ができなくなることがあったとしても、周りにちゃんと言っておくし」

「なんで……っ」

「……私が嫌なの」

私は、吐き捨てるように言った。

けれども少年は納得がいかないようで、ジタバタ暴れている。

「好意が信じられないのなら、将来私の役に立って恩返しをして頂戴《ちょうだい》。期待をしないで、せいぜい待っているわ」

……大人しくなった少年を抱えて、来た道を戻った。

「え、ちょ……あんたたち、どこに向かうつもり⁉」

城門に近づいたところで、再び少年が暴れ出した。

「どこって……そこよ」

私は空いた片方の手で、城を指す。

「……は？」

「あそこ、私の家」

「……え？」

少年が呆《ほう》けている間に、さっさと門を潜って城内に入った。

……結局、少年を城の中に入れるために、私は正体を晒《さら》さざるを得なかった。

結果、護衛なしで外に出たことがバレて、若干騒ぎになったのは仕方ない。

「……不謹慎ですが、楽しかったですね」

その騒ぎを見て苦笑いをしつつ、アリシアがこそりと耳打ちをしてきた。

「そうね。とても、楽しかった」

私もまた、笑みを浮かべていた。

彼女との最後の思い出となった、今日一日のことを思い浮かべながら。


「……そろそろか？」

そっと呟けば、トミーが苦笑いを浮かべる。

「そろそろ、とは……セルデン共和国のことでしょうか？」

「うむ」

「ええ、今日明日にでも奴らは動き出しますよ。……最早《もはや》、煽《あお》るだけ煽った世論を押さえ込むことはできないでしょう」

「魔王を討伐せよ！　だったか？」

クスクスと、笑みを漏らしながら問いかける。

「笑えますよね。民に『魔力は邪悪な力だ、アスカリード連邦王国の女王は魔王だ』と言い続け、好戦的な雰囲気を国内で醸成し続けたというのに……その戦争で、セルデン共和国の上層部こそが魔力を利用していることが露見するんですから」

トミーもまた、笑っていた。

「ああ……それもあるが、余が魔王だということが、やはりおかしくておかしくて仕方なくて……な」

「ルクセリア様、気に入っていますね……」

「……まあ、な」

そのタイミングで、ギルバートが部屋に駆け込んできた。

「セルデン共和国が、宣戦布告をしてきました」

「やっとか……。セルデン共和国は、何と言ってきている？」

「残虐非道な魔王から、アスカリード連邦王国の民を救出するためと」

「予想通りだな。……トミー」

「既に皆、配置についています」

「……そうか。ならば、始めるとするか」

そう言いながら、叡智《えいち》の宝剣を取り出す。

トミーとダドリーを順々に見れば、彼らは真剣な面持ちで頷《うなず》いていた。

「……アスカリード連邦王国の、民たちよ。余の名は、ルクセリア。ルクセリア・フォン・アスカリード。第三十八代王である」

私の言葉は今、叡智の宝剣によって効力が増幅されたトミーとダドリーの魔法によって国の隅々まで響き渡っている。

「我々《われわれ》の国は、魔法と共にあった。王は魔法の剣を、愛する者たちを守るため、誠実に、叡智を以《もっ》て振るい続けてきた。結果、我々の国は栄光を手にした。そしてその繁栄が永遠のものとなるよう祈りながら、魔法の剣を次の代の王へと伝え続けた」

それは、建国記の序文。

私が理想郷と揶揄《やゆ》したそれだ。

「皆もそれによく応えてくれた。魔法を使う者も、そうでない者も。皆が歴代の王を支え、共に生き、そしてそれを繋《つな》ぎ続けてきたからこそ、今日の繁栄を守れてきた。……我々の国は、魔法と共に生きてきた。魔法を使う者とそうでない者が、確かに共存して国を支えてきた。余は、その歴史を誇りに思っている。そして皆にもそうであって欲しいと、願っている」

誰かが応えるでもない、独り言に近いそれ。

一度息を吐き、言葉を区切る。そして再び、私は口を開いた。

「……此度《こたび》、セルデン共和国が我がアスカリード連邦王国に宣戦布告をした。残虐非道な王から民を守るために、と。だがそれは、セルデン共和国が、宝剣を恐れているということに他ならぬ。そして、それは魔法を恐れているということと同義」

果たして、皆は一体どのような顔で聞いているのだろうか。

そんなことを考えながら、言葉を紡ぎ続ける。

「皆の中にも、きっとセルデン共和国の者たちのように魔法を恐れている者がいるだろう。それは、仕方のないことかもしれぬ。……だが、思い出して欲しい。この国が、魔法と共にあったことを」

もう一度、目を瞑《つぶ》って深く息を吸って吐く。

「国軍の者らよ。魔法師団の者らよ。余が、許可する。侵入者どもを……セルデン共和国の者らを、叩《たた》き返せ！」

その後、私とトミーはダドリーの手を取り国境間近に飛んだ。

辿《たど》り着《つ》いた場所は高台。戦場の様子がよく見渡せた。

国境に待機していた国軍と魔法師団が、私の命令通り越境したセルデン共和国の兵士たちを迎え撃っている。

あちらこちらで魔法が飛び交い、その合間を縫って国軍の兵士たちがセルデン共和国の兵士たちに肉迫していた。

「はははっ」

敵味方が入り混じる中で、ゴドフリーの笑い声が耳に入る。

数に劣り、余裕などない筈《はず》なのに……否、だからこそなのか、本当に楽しそうに戦っていた。

「トミー、ダドリー。行け」

暢気《のんき》に傍観ばかりしてはいられないので、二人に指示を出す。

二人が去った後、その場で私は宝剣を出した。

五色の剣が、宙に浮かぶ。

「魔王だ！」

瞬間、セルデン共和国の兵士からそんな叫びが聞こえてきた。

まるで本当に物語の魔王になったような状況に、自然と笑みが浮かぶ。

欲を言えば、ゴテゴテとそれらしく宮中を飾った上で迎え入れた方が、それらしいけれども。

五つの宝剣の内、栄光のそれを手に取った。

『王には、勝利という名の栄光を。王が定めし敵には、衰退を』……栄光の宝剣の能力は、最強の矛にして盾。

私はそれを無造作に振った。

瞬間、碧《みどり》色の斬撃が飛び……セルデン共和国軍の兵士たちが次々と倒れていく。

その光景にゴドフリーを除く味方の兵士が、驚愕《きようがく》に満ちた目を向けてきていた。

「……す、素晴らしい！」

ゴドフリーだけは、目の前の凄惨《せいさん》な光景よりも宝剣の力に目を輝かせている。

……相変わらずだな。

内心苦笑しつつ、栄光の剣を持つ手とは逆の手で、宙に浮かぶ宝剣の中から琥珀《こはく》色《いろ》に輝く剣を手にした。

二つの剣の柄を持ちながら、切っ先を地面に突き刺す。

「……ぐっ！」

予想以上に魔力を持っていかれて蹲《うずくま》りそうになりつつ、けれども魔法を組み立て続けた。

そうして、王国全体がシャボン玉のような透明でいて、碧とも琥珀とも取れる不思議な色彩の膜に包まれた。

その膜は、宝剣の能力……アスカリード連邦王国に結界を張った証。

遠くからも一目で見えるこの膜を目にしたトミーたちとゴドフリーは、きっと作戦を開始させた筈だ。

「……うっ」

酷い倦怠《けんたい》感と、目眩《めまい》。

倒れそうになる体を宝剣で支えていたけれども、一瞬、内側から込み上げてくる違和感にしゃがんだ。

気持ち悪さを吐き出そうと自然と開く口を押さえるように手を添える。

けれども我慢できなくて、真っ赤な血が私の手を染め上げていた。

……予想より、私の終わりの時が近いようだ。

けれども、早い。まだ、ダメ。

まだ、倒れる訳にはいかない。

私はドレスでその赤を拭《ぬぐ》うと、ふらつく体を起き上がらせる。

その瞬間、空に映像が流れ始めた。

……どうやら、トミーたちは上手《うま》くやってくれているらしい。

テレビの概念がないこの世界で、いきなり映像が空に現れたことで、誰もが呆然《ぼうぜん》と空を見上げていた。

それは、二人と現地で合流した光の魔法使いの三人協働で発動した魔法。

映し出されているのは、研究所だ。

……誘拐された子どもたちが送り込まれた場所。

その近くに待機させていた部下たちが、どんどん奥へ奥へと進んで行く。

魔法を訓練するための部屋。

魔力持ちを研究するための部屋。

子どもたちの寝室。

ありとあらゆる部屋から、部下たちは次々と研究所にいた大人たちを床に沈めながら子どもたちを救出していく。

救出された子どもたちの瞳《ひとみ》からは、彼らの絶望を表すように輝きが失われていた。

見ているこちらの胸が、押しつぶされそうなそれ。

……中には、目を背けたくなるような光景もあった。

けれども、子どもたちの救出が完了するまで、映像が止まることはなかった。

「……ご覧の通り、子どもたちの救出が完了しました」

映像が途切れたところで、トミーとダドリーだけが戻ってきた。

「子どもたちは？」

「宮中の医務室に」

「なら、良い。……トミー」

心得たように、トミーが頷く。

「セルデン共和国の方々よ。近隣諸国の方々よ。……余の名は、ルクセリア・フォン・アスカリード。アスカリード連邦王国の第三十八代王」

彼が魔法を発動させたことを確認してから、口を開いた。

「セルデン共和国の所業は、皆もご覧になられたことであろう。魔法は罪深き魔の力と説きながら、魔力持ちを自国のものにせんと捕らえ、傷つけていたセルデン共和国の真実の姿を。……空に映し出された絵は、全て事実」

セルデン共和国軍の一隊が、様子を見に来たようだ。

戦っていた筈の自軍の仲間が倒れている光景を目にして、呆然としている。

「此度の戦は、残虐非道な魔王を討つためと言っていたが……ふふふ、セルデン共和国の王よ。其方《そなた》、子どもたちのみならず、余の国を欲したな？　数多くの魔力持ちが暮らす、この国を」

……もしかしたら、セルデン共和国の王は、必死に否定の言葉を叫んでいるかもしれない。

けれども、その声は届かない。

届ける術《すべ》が、ないから。

だからこそ、一方的な私の発言が真実として伝わる。

セルデン共和国のみならず、諸外国にまで。

「余は、全ての攻撃を阻む魔法を発動させた。最早、其方の国を含め全ての国はアスカリード連邦王国を侵略できない。まあ……嘘だと思うのであれば、試してみれば良いが」

段々と、呼吸が荒くなる。

……そろそろ、厳しいか。

「最早《もはや》、この戦は決着がついた。……セルデン共和国の兵どもよ。引け。さもなくば、余の力を以《も》って滅びを見ることとなる」

「……っ化け物め！」

下にいるセルデン共和国の兵士から、そんな叫びが聞こえてきた。

「ふふふ……ははは……っ！　化け物だと？　己が欲のために、子どもたちを捕らえる者は人間か？　その者らを助けた余が化け物と其方は言うのか！」

私の叫びに、兵士が黙る。

「とは言え、認めよう。余の力が、強大であることは。……現に、セルデン共和国軍は、余一人で屠《ほふ》った。たとえ其方たちが今いる魔力持ちを取り込んだところで、余は勝てる。……セルデン共和国の王よ。これ以上の争いは、無意味。即刻軍を引け！」

けれども下にいたセルデン共和国の兵士の内何人かが、私のもとに叫びながら走ってきた。

彼らに向かって、栄光の宝剣を一振りする。

すると、彼らは碧色の斬撃を受けて倒れていった。

一瞬のその出来事に、残されたセルデン共和国の兵士たちの顔色は真っ青に染まっていた。

「さあ……今すぐこの場から、去れ！」

畳み掛けるように叫べば、兵士たちはそのまま逃げるように去って行った。

「……ルクセリア様。良かったのですか？」

戸惑ったように、トミーが問いかけてくる。

「……良かった、とは？」

「あんな言い方……ルクセリア様が更に恐れられるだけじゃないですか。今まで魔力持ちに向かっていた恐れも含めて、全部が全部、ルクセリア様のもとに向かってしまう」

「ああ……そうであろうな。だが、それで良い」

そう言いながら、咳《せ》き込む。

……ああ、あと少し。

あと少しで良いから、保《も》って。

そう願うのに目眩は酷くなるばかりで、体は震えている。

「だ、大丈夫ですか⁉　ルクセリア様！」

ついに力尽きて、その場に倒れ込んでしまった。

……もう、少しなのに。

トミーが走り寄って来て、私を抱え込んだ。

「今すぐに、宮中に……ああ、もう！　叡智《えいち》の宝剣の加護が、解けている。ダドリー、駐屯地に医者が居るだろうから、連れて来い！　それから、ゴドフリーさんもだ」

「う、うん。分かった！」

トミーの指示に従って、ダドリーが走り去って行った。

再び、咳き込む。

……紅の血が辺りに舞うのを見ながら、私は一度意識を飛ばした。

アリシアは、いつものように隠し部屋を掃除していた。

そうして、心を落ち着かせようとしていた。

そうでもしなければ、ルクセリアが心配ですぐにでも王宮を飛び出しそうだったからだ。

「……ルクセリア様、大丈夫かしら……」

掃除をしていても、ふとルクセリアのことを考えてしまう。

別れる直前、何故《なぜ》だかルクセリアがこのままどこか遠くに行ってしまいそうな……そんな気がした。

それ故に、余計心配なのかもしれない。

大丈夫だとどんなに言い聞かせても、どうしても心配が拭えない。

ふと、急に胸が痛んだ。
「……っ」
何か強大な力が、体の中で暴れ回っている。
まるで、胸の中に熱湯を注ぎ込まれたような……そんな心地。
苦しくなって、その場に蹲る。
……これは、魔力だ。自分のではない、魔力。
……ならば、誰の魔力か。
……そうだ、これはあの魔力。
……彼の中にあるそれと、同じ魔力。
……美しくて、強くて、恐ろしくて、けれども自分の命を助けてくれた、あの……。
「うっ……うぅぅ……っ！」
……私の中で、その魔力が消えかけている。
……どうして？
……まさか、彼女の身に何かあったのか。
……嫌だ、嫌だ。
……失いたくない。だからあの時も……。
「あ、あぁぁ！」
次第に、頭まで痛くなった。

そしてそれと同時に、覚えのない映像が次々と頭の中に浮かぶ。

……何、これ。

混乱しながら、痛みから逃れようと蹲りながら頭を振る。

……ああ、そうか。

「これは……私の、昔の記憶……」

パキリ、何かが割れたような音が頭の中でした。

瞬間、彼女は思い出す。

かつて、塔の中でルクセリアと過ごした日々を。

それよりも前の記憶も。

そしてそれと同時に、痛みが引いていった。

彼女は、顔を上げる。……人が動く、気配がして。

「……ヴィルヘルム様も、目覚めたのですね」

「君は……」

ヴィルヘルムは、静かに彼女の前に立っていた。

「申し遅れました。私はルクセリア様の側仕えで、アリシアと申します」

「そうか、君が……」

彼女の答えに、納得したように頷《うなず》く。

「……私の中にあった、永遠の宝剣の力がなくなりました。貴方《あなた》様が目覚められたということは、貴方様の中にあった愛の宝剣も……」

「ああ。恐らく、ルクセリアに何かがあった。宝剣との繋《つな》がりが消える程の何かが」

「やはり、そうですよね……。こうしては、いられません……早く、行かなければ。行って、ルクセリア様を助けなければ……っ！」

「ああ、分かっている。彼女の居場所は、国境か……？」

「……何故、貴方は状況が分かっているのですか？」

「眠っていた間も、ずっと意識があったから知っている。そんなことよりも、彼女の居場所だ！どこにいるか、君は知っているのか？」

「……っ。私も、詳しくは知りません」

「……そうか」

「ですが、大凡《おおよそ》の方向であれば、分かります。まだ、僅《わず》かですがルクセリア様の魔力が感じられます」

「そうか！　ならば、すぐに行くぞ」

「……どうやって？」

「問答する時間も惜しい。ついて来てくれ」

「は、はい……！　お願いします、私をルクセリア様のもとに連れて行ってください！」

そうして、彼女と彼は急ぎその場から去った。

……どれぐらい時が経《た》ったのだろうか。

いつの間にか、医者とゴドフリーが私の周りを慌ただしく走り回っていた。

私は震える体で立ち上がり、宝剣を呼び出そうと、魔力を込める。

……宝剣の存在が、感じられない。

やっぱり、もう限界か。

……けれどもまだ、最後の一仕事が残っている。

ここで、諦《あきら》める訳にはいかない。

体の奥底に残る最後の力を振り絞って魔力を無理矢理生成する。

「ルクセリア様！　もう、お止《や》めください！」

強大な魔力が辺りに漂い始めた頃、トミーとダドリー、それからゴドフリーが身を引いた。

近づけば自身の身も危ないと、本能的に悟ってのことだろう。

近づけない代わりに、トミーが私を制止するよう叫んだ。

私は、軽く首を横に振る。

そのまま続けていると、ついに宝剣が五つ私の前に現れた。

そして更に宝剣の力を引き出そうと、魔力を注ぎ込み続ける。

「……うっ」

途中、再び口から血が零れ落ちた。

「一体、そうまでして何を……！」

「……皆の魔力を、永久に封印する」

呟き込みながら、トミーの問いに答える。

「そんなこと……」

「できる。……五つの宝剣が揃《そろ》った時の能力は……」

「……『夢』ですよね。『愛、叡智、栄光、誠実、永遠は全て儚《はかな》く夢幻の如し。王には一時の夢を』

……その能力は、現実の否定」

咳《せき》で息が詰まった私の代わりに、ゴドフリーが言葉を繋ぐ。

「そう、だ。……流石《さすが》に、過去を変えることは叶《かな》わないが、今この時の状況を変えることはできる」

「お止めください、陛下！　……その宝剣の能力は、王の命と引き換えに発動する筈《はず》です」

ゴドフリーの叫びに、トミーとダドリーも顔色を変えて私に近づこうとしてきた。

「……だとしても、止めない。魔力を封印するまで」

「どうして……」

五つの宝剣の光が、徐々に一つへと収束されていく。

「魔法への恐れが、そっくりそのまま全て余に向いている。今が、チャンスだ。……悪役である私と共に魔法が消えれば……全ての悪は余一人のものになる」

「……そうじゃなくて！　どうして、ルクセリア様がそこまでする必要があるんですか！」

「……私はもう、信じられないから」

意識が遠のき始めて、つい、素の口調で返していた。

「は……？」

「人の善意を。貴方たちも研究所で見たでしょう？　魔力持ちに向けられる悪意を。……魔法には善も悪もないけれども、扱う人が未熟だから、悲劇は生まれ続ける。理不尽な世界が広がり続ける。だから、私は……」

どうせもう、私は保たない。

その証拠に、さっき結界を張ったその時から、目眩《めまい》と吐気以外……殆《ほとん》ど、感覚がなかった。

けれども……どうせ倒れるなら、理不尽の源を道連れにしたかった。

それは、ささやかな復讐《ふくしゅう》。酷く個人的な感情によるもの。

私は、笑った。

「大丈夫。魔力を封印しても、アスカリード連邦王国を守る結界は、持続する。永遠の宝剣を使ったから」

「お止めください！　ルクセリア様！」

力を振り絞り、魔法を行使しようとしたところで……この場にいない筈の人物の声が聞こえてきた。

そこにいたのは、アリシア。

そしてその横には、眠っている筈のヴィルヘルム。

……あり得ない光景に、つい動きが止まった。

さっと周りに視線を滑らせると、他の人たちの驚きは私以上のようだ。

誰もが言葉を失い、固まっていた。

……それもそうだろう。何せ、死んだ筈のヴィルヘルムがそこにいるのだから。

周りの驚きようを見て、逆に少し冷静さを取り戻せた気がする。

「……どう、して……」

「ヴィルヘルム様に、お連れいただきました」

「え……」

「一度、ルクセリアと宝剣の繋がりが消えた。だから、俺にかけられていた宝剣の能力も消えたんだ。おかげで、こうして目覚めることができた」

「でも……それで、どうして……」

「ずっと眠っている間も、意識はあったんだ。だから状況は理解している。その上で、宝剣の力が使われていることが感じられて……飛んできた。ルクセリアも、知っていただろう？　俺の魔法は、『風巻』。風の力でここまで飛んで来るのは、簡単なことだと」

「そういうことじゃなくて……」

「……私が、お願いしました。ルクセリア様が、無茶をされているんじゃないかと心配で。ルクセリア様……私は、ルクセリア様だけは失いたくないのです！　……昔、そう言ったでしょう？」

アリシアは、縋《すが》るように私に近づく。

誰もが濃密な魔力に逃げ腰な中で、彼女だけが。

「貴女《あなた》……記憶を思い出して……！」

けれどもそれ以上に、私は彼女の言葉に衝撃を受けていた。

「ええ。貴女様を失いたくないと思った時、記憶が蘇《よみがえ》りました」

「……嘘」

「嘘ではないですよ。塔の中での暮らしを昨日のことのように覚えています。ルクセリア様は掃除が苦手で、掃除をしようとして物を壊していたこと。私に勉強を教えてくださったこと。偶《たま》に抜け出して、外で遊んでいたこと。その、全部を」

「アリシア……」

「だからこそ、言えます。……ルクセリア様。貴女様が、魔力持ちの処遇に責任を持つ必要はないのです。確かに私は魔力を持っていたせいで、恐れられ、孤独でした。けれども、魔力を持っていたからこそ……ルクセリア様に会えたのです。だから私は、魔力を持っていたことに感謝しています」

アリシアの瞳《ひとみ》から、涙が一粒溢《あふ》れ出る。

こんな時だというのに私は呆然《ぼうぜん》と彼女を見つめていた。

「……彼女の言う通りだ」

ヴィルヘルムもまた、私の側まで来ていた。

「たとえ魔力を封印したとしても、人が人である限り、偏見の目はなくならない。肌の色、髪の色、その人自身が持つ能力……きっと魔力に代わる何かを見つけて、人は区別するんだろう。だから魔力を封印したところで、根本的な解決にはならない。……人の悪意には、限りがないから。だからそんなことに、ルクセリアが命を賭《か》ける必要はないんだ」

彼の口から紡がれた言葉は、残酷だった。

残酷だけど……真理を突いている。

だって、前世の世界もそうだった。

同じ人という生き物が、何か理由をつけて区別する様を。

別の国の人に対して……否、同じ国の人同士でさえも。

「……でも……それじゃ、何も変わらない」

だからこそ、震えながら私は叫んだ。

その真理を、拒否するように。

「そうだ、何も変わらない」

けれども、ヴィルヘルムは私を更に追い詰める。

『安易な道に逃げるな』とでも言うかのように、私に強い視線を向けていた。

「何も、変わらないよ。ルクセリアが選んだ道だと。……全てを魔法のせいにすることが間違っているように、魔法で全てを解決することなんて……人の有り様そのものを変えることなんて、できないから」

一瞬、私の魔力が緩んだ。

……私の心が、僅かに揺らいだから。

「けれども、ルクセリアの道はそれだけじゃないだろう？　……何故《なぜ》なら、ルクセリアが持つ力はそれだけじゃないのだから」

「私が持つ、力……？」

「そうだ。宝剣が、ルクセリアの全てじゃない。……ルクセリアは、女王として多くの人を動かす力がある」

「……人を動かす力……」

「どれだけ強大な力があっても、一人の力には限界がある。だからこそ、ルクセリアは復讐に人の力を借りたんだろう？　それと、同じだ」

彼はそう言って、微笑《ほほえ》んだ。

「教育、法律、外交……ルクセリアは、王として打てる手立てを持っているじゃないか。それで、礎を築けば良い。ルクセリアが自身で絶望した世界を正していけるように。……ルクセリアが努力する限り、きっと周りにいる人たちは皆、ルクセリアの力になる。勿論《もちろん》俺も含めて」

……それは、甘い夢だった。

私に、時間が残されていたら……その道を選び取ったのだろうか？

……分からない。

もしも、なんて考えることすら無駄なのかもしれない。

その夢を前にしても、私の心は確かに絶望と憎悪に囚われていたから。

けれども、その甘い夢に耳を傾ける程には……もしかしたら、私の中には期待もあったのかもしれない。

絶望に埋もれていて見えなかった、希望の光が。

確かに、私は彼らの助けを借りて良かったと思った。

私一人では成し遂げられなかったことが、できた。

ギルバートは夜遅くまで、私とこの国の在り方を、政治体制を議論し、そしてそれを実行するために手足となって動き続けてくれた。

トミーは私の目と耳になって、情報を集め、助言してくれた。

その過程で二人の部下が成長する様も見ることができた。

アーロンは私に戦う術《すべ》を与えてくれ、ゴドフリーは壊れた私の体を支え続けてくれた。

そうして、皆が私を助けてくれたからこそ……私は、私の思う通りに進むことができたのだ。

彼が気づかせた私の中のそれを、彼と共に手にすることができたら……幸せかもしれない。

そう思って、心が更に揺らいだ。

そしてだからこそ、これ以上魔法を紡ぐことができなくなっていた。

瞬間、私の体の力が抜ける。

……もう、限界か。

「……ああ、ダメね。ダメだわ」

反動で倦怠《けんたい》感と目眩が、益々酷くなる。

最早《もはや》立つことすら難しくて、そのままその場に倒れ込んだ。

「……ルクセリア様！」

皆が、私に走って近づいてくる。

「ルクセリア様……！」

ゴドフリーが、私の手を取った。

「危険です！　早く、治療を施さないと！」

私の魔力の流れを、読み解いたのだろう。

……彼は、直ぐに私に魔力を流すと同時に、近くにいた人たちに薬を飲ませるよう指示していた。

「……どうしてですか⁉　魔法を、止めたのに！」

アリシアが、叫んだ。

……ああ、重い体に響く。

「……ヴィルの言葉に聞き入った時点で、私の……負け。ゴドフリー、もう、良いわ……」

「ルクセリア様⁉」

「もう、ずっと昔から……私の魔力、回路は、壊れていて……体は、限界だったの」

「そんな……⁉」

誰もが、驚いた顔をしていた。

ここまで隠し通せるなんて、私も中々の名女優かもしれない。

……なんて、そんなしょうもないことを考えて、一瞬、笑ってしまった。

「……憎しみに、焼かれて、ずっと、苦しかった。復讐を果たしても、憎悪の炎は、き……消えなくて……ずっと、行き場の……ない、怒りが燻《くすぶ》り続けていた」

魔力の暴走が私の体を苛《さいな》み、言葉を徐々に奪っていく。

「だというのに……最後に、甘い夢に……心が揺れて、しまったわ。ふふふ、私は、最後の最後に、望みを成し……遂げられなかったのに、何だか、すごい解放感。満足しちゃった、わ。……未《ま》だ、心にある炎は、消えていないけれども……それ以上に、満足しちゃった、の。貴女たちに、また会えたから、かしら？　私がいなくても、きっと誰かが、私に代わってこの理不尽な世界を壊してくれる。それなら、もう……良いかなって」

「嫌です、嫌です、嫌です！　やっと、思い出せたのに！　私の宝物……ルクセリア様との、思い出を。それなのに、こんなのあんまりです……」

……アリシアの瞳には、涙が浮かんでいた。

その涙を拭《ぬぐ》おうと手を上げようとしたけれども、生憎《あいにく》と力が出なかった。

……ああ、苦しい。でも、笑っていたい。

彼らに残る最期の表情が、苦しむ顔だなんて嫌だから。

「ごめん、ね。……ありがとう」

そうして、私は意識を手放した。


「いやぁぁ！　ルクセリア様！」

アリシアの悲痛な叫びが、響く。

弱まり続ける脈動に誰もが諦《あきら》め、絶望しかけた……その時だった。

「……手を貸せ、アリシア！」

怒号ともとれるヴィルヘルムの叫びが、響いた。

「え、え？」

「良いから、さっさと手を貸せ」

混乱するアリシアの手を取り、ルクセリアの体の上に置く。

そして彼自身も、ルクセリアの体の上に手を置いた。

「君の中にも、残っているんだろう？　自分の魔力じゃない、魔力の残滓《ざんし》を」

「私の魔力じゃない、魔力？」

「俺も、感じた。多分、ずっと愛の宝剣に守られていたから。愛の宝剣の力が、俺の中に残っている」

彼の掌から、臙脂色《えんじいろ》の光が溢れる。

「君は、永遠の宝剣の力で生き永らえたんだろう？　ならば、君の中に、宝剣の力は残っている筈《はず》だ！　だからこそ、ここまで辿《たど》り着《つ》くことができたんだろう」

アリシアは、目を閉じる。

……そして次に目を開いた時、彼女の瞳から涙は消えていた。

「やってみせます！」

そう叫ぶが早いか、彼女の掌から光が溢れる。琥珀色《こはくいろ》の、美しい光が。

二つの光が、彼女の中に溶けていく。

「……これで、助かるのかっ？」

二人の邪魔をしないよう、トミーがこっそりとゴドフリーに問いかけた。

声こそ荒らげていないものの、彼の瞳には焦燥が現れている。

「分かりません」

ゴドフリーの瞳にもまた、強い焦燥の色が映っていた。

「……ただ、愛と永遠の宝剣の力が二人に残っているのであれば、可能性はあります。愛の宝剣は愛する者を守るためのもの。永遠の宝剣はその名の通り、永遠を約束するものであり、死の運命すら覆すこともあるものと言われていますから」

「それなら……っ」

「ただ、正当な宝剣の後継者以外が宝剣の力を使ったことなど、聞いたことはありません。ですから……どうなるか、私にも分かりません。最早二人の力と宝剣の神秘を信じるしかないでしょう」

「……そっか」

トミーとゴドフリーが話している間も、アリシアとヴィルヘルムは魔力を注ぎ続けていた。

額に汗を流し、歯を食いしばりながら。

二人の顔色が悪くなるごとに、その場の空気は、より絶望の色が濃くなる。

「目を覚ませ、ルクセリア！　逝くな！　君が、君こそが自ら理不尽な世界を正すべきだろう⁉

君は君がいない世界こそが俺に自由を齎《もたら》すと信じていたみたいだが……そんなの真っ平ごめんだ！

君のいない世界で自由を謳歌《おうか》できる訳がないだろう！」

その絶望に抗うように、ヴィルヘルムが叫ぶ。

「起きてください、ルクセリア様！　こんな……こんな終わりを迎えるために、私はあの時、貴女《あなた》を庇《かば》ったんじゃない！　記憶を失くしている間も、私はずっと貴女のことが大好きでした。平民でしかない私を、王女である貴女が友としてくれた時からずっと、その気持ちは変わらなかったんです。それに貴女が目を覚まさなければ、誰が私の新作のお菓子を食べてくれるんですか？　ずっと、貴女のために作り続けてきたんです。これからも、貴女のために作り続けたいです……！」

「……起きてください、ルクセリア様」

アリシアの言葉に続くように、トミーが口を開いた。

「ずっと、不思議に思ってた。貴女が、まるで自分がいなくなった後を前提としているかのような体制を作っていたことが。夜中、こっそりと一人で指示書なんて、作っていたことが。……こうなることを分かっていたんですね」

そう言いながら、自嘲《じちょう》するかのように苦笑いを浮かべる。

「でも、まだ早いです。全てを放り投げて、どこに行くっていうんですか⁉　できあがったばかりの体制は、脆《もろ》いんです。貴女じゃなきゃ、纏《まと》められない。魔王なんでしょ、貴女は。それだけの力と意思がある人が引っ張ってかなきゃ、ダメなんですよ！」

「……トミーさんの言葉に、賛成です。貴女は、恐ろしかった。敵に向ける容赦のない刃は、部下である私ですら怖かった。けれども同時に、貴女は優しかった。貴女が私たち……特にアリシアに向ける笑みや、我《われ》らを思っての言動は……たまに分かりづらいこともありましたが、それでも確かに心地良いものでした。そんな二面性のある貴女でなければ、あの国は引っ張っていけないでしょう」

ゴドフリーもまた、トミーに続いて言葉を紡いだ。

「一人で、先に行かないでくれと申し上げました。貴女様は、分かったと答えてくださった。それなのに、何故……何故、一人で行こうとなされる⁉」

「戻ってこい、ルクセリア！」

アーロンの叫びに被せるように、ヴィルヘルムが叫んだ。

そうしてやがて、光が終息したその時。

……彼女が、目を開けた。

ぼんやりと虚《うつ》ろな瞳《ひとみ》が、意識の回復と共に徐々に色を取り戻していく。

「……私、どうして……？」

囁《ささや》くようなか細い声は、けれどもその場に確かに歓喜をもたらした。

「……失礼します、ルクセリア様」

すぐに従軍医師と、ゴドフリーがルクセリアを診察する。

「……王宮に戻って詳しく診なければ分かりませんが、体に衰弱が見られる一方、不調はございません」

「……魔力回路が戻っています。勿論《もちろん》、また無理に使えばすぐにでも壊れるでしょうが……。奇跡だ」

彼らの診察を聞いた瞬間、二人を押し退《の》けるようにしてアリシアが抱きついた。

「ルクセリア様！」

「……温かい」

彼女は呆然《ぼうぜん》と呟《つぶや》いた。

くしゃりと顔を歪《ゆが》め、震える手で……アリシアを抱きしめ返す。

「私、生きている……？」

「はい……はい！　これからも、ルクセリア様にお茶を淹《い》れるです。一緒に、本を読むです。ずっと……お仕えさせてください！」

アリシアが、涙を流しながら叫んだ。

「アリシア……」

アリシアを抱きしめながら、彼女の視線がヴィルヘルムに向いた。

「セリア……戻ってきてくれて、良かった。君は、たとえ憎悪の炎に焼かれようとも……月のように美しい」

そっとヴィルヘルムは、彼女の耳元で囁く。

それは、幼い頃に彼が彼女に伝えた告白。

そして彼が眠っている間に、彼女が憎悪に焼かれた醜い顔を見せたくないと呟いたそれの答え。

顔を離せば、彼は悪戯《いたずら》っ子《こ》のような柔らかな笑みを浮かべていた。

彼女もまた、そんな彼に……他の人には見せないような泣きそうなそれでいて美しい笑みを浮かべていた。

「……さて、戻るか。ルクセリアは未だ、本調子じゃないだろう。早く、休むべきだ」

「え、ええ。そうですね」

ヴィルヘルムの提案に、アリシアがルクセリアから離れつつ頷《うなず》く。

「……ダドリー、この人数を王都まで運べるか？　全員が無理なら、ルクセリア様だけでも」

「申し訳ないが、無理だ。叡智《えいち》の宝剣の助けがなければ、人を運ぶことは……」

「ルクセリア様に宝剣を使わせる訳にはいかないだろう」

「だよなあ……」

「そういうことなら、俺が運ぶ」

トミーとダドリーの会話を聞いていたヴィルヘルムが、手を挙げた。

「この人数、運べるんですか？」

「ああ。流石《さすが》に軍全体を運べというのは無理だが……この人数なら、なんとか」

「なら、私は残りますよ。撤収の指揮をしなければなりませんし」

今度はゴドフリーが手を挙げた。

「では、陛下。一旦《いったん》御前《ごぜん》失礼致します。王都に戻りましたら、すぐに挨拶《あいさつ》に参りますので」

そしてルクセリアに挨拶をすると、すぐにその場から去って行った。

「それじゃあ、行くぞ」

ヴィルヘルムがそう言ったと同時に、ふわりとその場にいた皆が浮かぶ。

そして風に乗って、王宮に戻って行った。

……王宮は常にない程、慌ただしかった。

戦争という非常事態の最中であることに加えて、王であるルクセリアが倒れたのだ。

それも仕方のないことだろう。

眠りについたルクセリア以外は、誰も彼もが為すべきことに忙殺されていた。

ただ、幸か不幸か彼女の推し進めた改革のおかげで、王が不在な中でも何とか政務は回り続けた。

……そして、その日の夜。

「……どこに、行くんですか？」

アリシアの厳しい声が、闇に溶ける。

その先には、ヴィルヘルムが立っていた。

「驚いた。……どうして、俺がここにいると？」

「記憶を取り戻したおかげで、魔法が使えるようになりました。……私の魔法『矛盾』で、この王宮を囲うように結界を張り、出入りする人を把握しています」

彼女の言葉に、先ほどよりも一層ヴィルヘルムは驚きを顔に映していた。

「……随分と無茶をする」

「ルクセリア様が倒れている今、万が一にでもルクセリア様に害が及ばないように注意するのは、当たり前のことでは？」

「それにしたって、一体何人が出入りすると思っているんだ。……よくもまあ、頭が混乱しないものだな」

「根性です」

「……心強いな。君のような侍女が、彼女の側にいるのならば」

「話を逸らさないでください。それで、貴方様《あなたさま》は、どちらに行かれるのですか？」

アリシアの追求に、ヴィルヘルムは困ったように眉《まゆ》を顰《ひそ》める。

「……俺がここにいては、ルクセリアに迷惑がかかる。宮中が混乱している今を置いて、ここを抜け出す時はないだろう」

「ダメです……。ルクセリア様が、悲しみます」

アリシアの言葉に、ヴィルヘルムは苦笑を浮かべた。

「……俺は、罪人だ。その事実は、覆しようがない」

「ですが、それは貴方様のお父様のなさったことでしょう？」

「だとしても、国家転覆を目論《もくろ》んだ罪は一族連座。本来ならば、俺も死罪だ」

「……その罪なら、問われないよ。愛の宝剣に刺されても、ヴィルヘルム様は生き長らえたんだから。宝剣の裁きを受けても死ななかった人は、どんな嫌疑をかけられても王の恩寵《おんちょう》を受けたとして赦《ゆる》されるんですよね？」

二人とは別の声が、夜の闇に浮かんだ。

「トミー」

アリシアが声の主を呼べば、トミーが姿を現す。

「そうか。……そう言えば、オルコット侯爵がそんなことを言っていたな。刺された時には、そんな意味があることを全然知らなかったけれども」

「ん？　知らなかったんですか？」

「ああ……俺の家には、宝剣の謂《いわ》れが殆《ほとん》ど伝わってなかったから」

「それで笑って宝剣を受けるなんて……肝が据わっているというか、何というか」

「単に何にも考えなかっただけだ。あの段階で、俺に残された手はあれしかなく、あれこそが俺の描いた最善の一手であり、ゴールでもあった。まあ……つまり、できる手は全部打ち切って、安心し切ったってことなのだろうな」

「……だとしても、ルクセリア様は貴方様を失って悲しんでいました。苦しんでいました。もう二度と、ルクセリア様を悲しませるのはダメです。罪に問われないのであれば、尚のこと……」

「……罪に問われなくとも、宮中に俺の居場所はないよ。罪の名は、俺に付き纏う。『あいつは、ラダフォードの息子だ。罪人の息子だ』ってな。そして、『どうしてルクセリア様は、あんな罪人の息子を側に置くんだろう』って、な」

「それは……」

「それに、やっと国内の五大侯爵家の力を削ぎ、王に力が集まっているところなんだ。旧勢力の者は、ここで退散すべきだろう」

ヴィルヘルムは、止めていた足を再び動かした。

「ルクセリア様を、愛しているんでしょう……!?」

その背に向けて、アリシアが叫ぶ。

「私じゃ、ダメなんです……！　私じゃ、ああもルクセリア様が表情に心を映さないのに……」

「……自信を持て。君と共にいる時の彼女は、とても安心したような表情を浮かべている」

「でもっ！」

「……愛しているさ」

ポツリ呟いた言葉は、小さな声。

けれども、その声は闇の中によく響いていた。

「でも、どんなに愛していても……どうにもならないこともある」

最後にそう呟いて、彼は去って行った。

「うっうっ……ううぅぅー」

残されたアリシアは、嗚咽《おえつ》を漏らしながら泣いている。

「……足止め、失敗だったな」

そんな彼女を慰めるように、トミーが言った。

「ルクセリア様が、どんなに悲しまれるか……それを、うっ、思ったら……」

「……アリシアは、頑張ったよ。ただ、ヴィルヘルム様の言うことの方が尤《もっと》もだったっていうだけ」

「なんで……？　どうして、ルクセリア様ばかり我慢をしなければならないの」

「それが、王様ってやつなんだろう。きっとルクセリア様は、分かってくださる。体調が戻ったら、きっと、またいつも通り仕事に戻るさ」

「そんなの、そんなの……ないよ。自分の幸せを我慢して、ただ人のためだけに働いて。悲しくても、心の中でしか泣けないなんて……そんなの……ただの地獄だよ」

トミーの言葉に、アリシアは更に泣いた。

「私、もうルクセリア様には失って欲しくない。悲しませたくない。だから、そんな理不尽なことを、許したくないの」

「……ですって。ルクセリア様」

トミーが、いきなり後ろを向く。

「……え？　ルクセリア様？」

確認するように、彼の視線を辿《たど》って歩けば、建物に隠れるようにしてルクセリアが座り込んでいた。

「どうして、ルクセリア様がここに……」

ルクセリアは、アリシアの問いに答えられなかった。

彼女の口から出るのは、嗚咽のみ。

そしてその瞳《ひとみ》からは、次から次へと大粒の涙が溢《あふ》れ出ていた。

「アリシアを付けて来たんだよ。それで、俺が護衛兼監視で付いて来たっていう訳」

「あ……なるほど」

アリシアが、座り込んでいるルクセリアに視線を合わせるようにしゃがみ込む。

そんな彼女を、ルクセリアは手招いた。

そしてそのまま彼女を抱き締める。

「……ありがとう、アリシア」

涙ながらに、彼女は囁くように礼を言った。

「お礼を言われることは、何も……。私、何もできなかったですから」

「……ううん。貴女《あなた》の気持ち、とっても嬉《うれ》しかったわ」

「ルクセリア様……」

ギュッと、ルクセリアはアリシアを抱き締める腕に力を込める。

「……私も、愛しているの。彼のことを。本当は、止めたかった。もう離れたくないって、縋《すが》り付きたかったの。……でも、彼の言った通り……愛だけじゃ、どうにもならない」

彼女の大きな瞳からは再び涙が溢れ出てきた。

彼女の生来の美しさもあって、その涙はまるで宝石のように輝いている。

「ルクセリア様……」

「だって生き残った以上……私は、王の座を誰にも譲る気がないから。ヴィルの言っていた甘い夢を、私は実現させたい。ううん、実現させてみせる。そうじゃなきゃ、私はまた……そう遠くないうちに絶望に囚われてしまう。だから王として、私は為すべきことをしなければならない。……そのためには、彼の側にはいられない。彼の言う通り、彼はとても難しい立場にいるから」

ルクセリアは、顔をあげた。

その瞳には、けれどももう絶望の色は映っていなかった。

「でもね……諦《あきら》めたくないの。そう分かっていても、貴女の言った通り、私はもう失いたくないの……っ！」

抱きしめ合う二人に、トミーが近づいて来た。

「良いんじゃないですかね。陛下が決めたことに、俺は従いますよ」

彼女の望みを理解した上で、トミーが言葉を紡いだ。

「私もです。………ルクセリア様のお心のままに」

そしてアリシアもまた、トミーに同調しつつニコリと笑った。

「ならば、二人とも……力を貸してくれる？」

「「勿論《もちろん》です」」

その言葉に、ルクセリアはぎこちないながらも、小さく笑ったのだった。


あれから、幾月もの日が経《た》った。

相変わらず、日々積み上がる仕事で忙殺されている。

セルデン共和国との戦争は、実に呆気《あっけ》なくセルデン共和国の降伏で幕を閉じていた。

まあ……それもまた、当然のことだろう。

最早《もはや》セルデン共和国には、戦い続けられるだけの力がなかったのだから。

そもそもセルデン共和国は、あの戦争で多くの兵を失い、また多くの財を一瞬で失っている。

その上、民の不審感は募りに募って、爆発寸前。

……既に民と国の間で何度も軽い小競り合いが発生していて、それが大きなものへと発展するのは秒読みといったところだ。

また、他国からの追及も厳しい。

特にセルデン共和国と親しかった国ほどその傾向は強く、セルデン共和国は対応に苦慮していると聞く。

そんな状態でセルデン共和国が戦い続けられる訳もなく……事実上、無条件降伏のようなものだった。

その戦後処理と、国内の侯爵家を取り潰《つぶ》した件の事後処理でアスカリード連邦王国の宮中も相当に慌ただしかった。

「ルクセリア様がご無事にお戻りになられて良かったです」

にこやかに笑って書類を押しつけてきたギルバートの顔が忘れられなくなる程には、私もまた忙殺されている。

「……ギルバート。随分と、疲れた様子だな。普段ならそのように疲労を表情に出すことなどないであろう？」

「ええ、まあ」

自覚があるのか、肯定しつつ苦笑いを浮かべていた。

……とは言え彼の横にいるモーガンとブライアンとを見比べれば、まだギルバートの顔色はマシな方か。

「……余が言うのも何だが、少し休んだ方が良いのではないか。適度な休息は、能率を上げる」

「それは……確かに、そうですが」

ペラペラと彼らが持ち込んだ資料を読む。

「戦後処理についてはは大枠は固まっている。後は細かい点を整理し交渉するだけ。国内の業務については……第一段階として、特に侯爵家と繋《つな》がりがあり不正に手を染めていた領官を追放済み。それと並行し、徐々に業務を王国に集中。今、集中の進捗《しんちょく》具合は八割……か。あと二割であれば、一、二ヶ月で完了する筈《はず》。……今の状態であれば、一日ぐらい交代で休みを取っても問題ないと思うが？」

「まあ……確かに何とかなるかもしれません」

「であろう？　それに集中が完了次第、第二段階は、侯爵家と繋がりがなく……不正に手を染める者や怠慢な者たちを切る。そこまでいけば、更に休みは取り易かろう。交代で、纏《まと》まった休みを取れ」

「え、しかし……」

「しかしも何もない。完璧《かんぺき》に体調を整え、万全な状態で、これからも余を支えてくれ」

「は、はい。ありがとうございます」

「……さて、それはそれとして、次の会議で提案する施策を詰めるぞ」

「……はい？」

「まず、学園の設立。これは外せぬな」

何故《なぜ》か三人とも固まっていたけれども、瞬時にギルバートは我《われ》に返ったようだった。

「具体的なプランは？」

「幼少期から学ばせる場が欲しい」

「……ほう。研究機関ではなく、単純に教育の場を設立することが目的、ですか」

「うむ。魔力持ちが、魔力を暴走させないように学ぶ場を提供したい」

「ですが、魔力持ちを優遇すれば、それもまた魔力持ちとそうでない者たちの溝が深まることでしょう」

「そうだな。だからこそ、魔力を持たない者をも対象にすべきであろうな」

「ふむ……ですが、それでは当初の目的が達成されないのでは？」

「……授業を生徒自身が選択できるようにするのは、いかがでしょうか。魔力持ちは魔法を学ぶクラスを取れば良いですし、そうでない者は教養の授業を取れば良いかと思います」

ブライアンが言葉を挟む。

「それは良い。幾つか必修の授業を定めれば、魔力持ちもそうでない者も共に学べる。後は其方《そなた》の言う通り、選択制にすれば生徒自身に必要な授業が受けられる」

「最終的には、魔力持ちへの偏見をなくすことが目的……でしょうか」

モーガンの問いに、私は首を横に振る。

「否。最終的には魔力持ちが『当たり前のように』魔法を活用することができ、社会全体がその恩恵に与《あずか》れることだろうな」

「なるほど……そうすると、職業訓練場のような側面もあると良いですね」

「そうだな。だが、そういった施設は別に作ることも選択肢であろう」

「……授業内容を粗方固め、施設の規模を決めた上で、国内に幾つ学園を設立するかを検討し、費用を見積もる必要がありますね」

「うむ」

「まずは、簡単に今話したことを文字におこして企画書を作ります。その上で、ルクセリア様にご確認いただければと思います」

「分かった。よろしく頼むぞ」

「ええ」

三人が去った後、アリシアがにこやかな微笑《ほほえ》みを浮かべながら部屋に入って来た。

「……ルクセリア様も、勿論、お休みを取られるんですよね？」

「え、ええ……っと」

困って、目線を泳がせる。

「勿論、お休みされるんですよね？　……ルクセリア様がまた倒れてしまっては、皆の手が止まってしまいますよ」

益々感じる圧に観念して、私は溜息《ためいき》を吐《つ》いた。

「ええ、分かったわ。全く……アリシアには、敵わないわ」

その回答に、アリシアは満面の笑みを浮かべていた。

エピローグ

そして、三年後。

「……やっと、見つけた」

私は、彼のもとに辿り着く。

「……どうして、ここが？」

彼は一瞬驚いたように、目を見張っていた。

「私が、誰だと思っているのかしら？　皆に助けてもらって、貴方《あなた》を探し当てたの」

「そうだな。……愚問だったか」

「……やっと、国内は落ち着いたわ」

「知っている。王都から離れたこの地にも、お前の名は轟《とどろ》いている」

「……それ、悪名じゃないと良いけど」

私の言葉に、彼はただ笑う。

「私、もう何も諦めたくないの。……貴方の手を放すことも、嫌」

私はそう言って、手を差し出す。

「有難い話だが……」

「ラダフォード侯爵家の嫡男だったからっていう理由は駄目よ。文句を言わせない程には、これまで私自身実績を積み上げたし……貴方が私の命の恩人にして、ラダフォード侯爵家による私の暗殺計画を阻止した立役者っていうことを浸透させたもの」

「それは……随分と過大評価だな」

「貴方が、自身を過小評価しているだけよ。……貴方、この地で随分と活躍しているじゃない」

ヴィルがいたのは、都市から外れた寂れた田舎町の筈だった。

だというのに、彼がここに来てから……この地は見違える程に発展していた。

彼の指揮下で道路を整備し治安維持に努めた結果、大きな街に挟まれたこの地は交通の要所として生まれ変わった。

そこからもその地位を不動とする為に、幾つもの手を打っていた。

町が栄えれば栄えるほど、彼の名もまた上がっている。

そしてこの町も、彼を必要としている。

「貴方は、ここにいた方が良いかもしれない。でも、私は、貴方を諦められない。貴方が側にいてくれたら……私は、もっと頑張れる」

ヴィルヘルムは、そこまで言っても私の手を取ってくれない。

正直、さっきから自信満々に言っているけれども……ちっとも自信なんてなくて、内心緊張している。

もしかしたら離れている間に、誰か他の人のことを好きになったかもしれない。

そもそも私のことなんて、婚約者というカテゴリーでしか見てなくて……離れて冷静になったら、別に好きでも何でもなかったということに気がついたということだってあり得る。

だから手を拒み続けられていて、地味に内心落ち込んでいた。

「私は、貴方のことが好き。もっと、貴方のことを知りたい。……だから、これからも一緒に歩いていきたいの」

ここまで言って、駄目だったらどうしよう。

流石《さすが》に好きじゃないと言われたら、諦《あきら》めるしかないか。

「……ルクセリア」

ヴィルヘルムが真面目な顔で私の名を呼んだ。

その真剣な表情に、胸が高鳴る。

そしてそれ以上に最悪の回答が思い浮かんで、緊張する。

そっと、彼は私の手を握って跪《ひざまず》いた。

「……愛している。どうか、側にいさせて欲しい」

一瞬、何を言われたのかが分からなかった。

望んだ回答だというのに、全く言葉が頭の中に入ってこない。

けれども自然と身体《からだ》は動いて、彼を抱き締める。

「勿論！」

彼は驚いたような表情を浮かべつつも、私を受け止めてくれた。

「それにしても、凄《すご》いな。僅《わず》か三年で、国内全てを掌握したのか」

彼の胸の中で、私は笑う。

「あら、知らなかったの？　私は、悪徳の女王よ。欲しいものがあれば、どんな手だって使うの」

「……参りました」

そうして、私と彼の道は再び交差した。

特別書き下ろし　その後の女王

今日の分の仕事が終わって部屋に戻ると、既にヴィルヘルムがいた。
「お疲れ、ルクセリア」
「ありがとう。ヴィルも、お疲れ様」
ニコリと笑って、ヴィルヘルムが手を広げる。
何を意図しているのか分かったけれども、恥ずかしくてついジト目で見てしまった。
それでもニコニコと笑う彼に、観念してその胸に飛び込む。
背中に手が回され、彼の匂いに包まれた。
ああ……幸せだなあ……。
本当に、奇跡みたいだ。
彼とまた、こうして共にいられることが。
目を瞑《つぶ》り、暫くそのままそうしていた。

食事を終えて湯船に浸かり、そろそろ眠ろうと寝室に入った。

既にヴィルヘルムも寝支度は終わっていたらしく、ラフな格好で窓枠に座っている。

「何を見ているの？」

問いかけると、彼は手招きした。

今でも結構近いけどなあ、と疑問に思いつつ一歩踏み込む。

そうしたら手を引っ張られて、いつの間にか抱き枕よろしく後ろから抱きしめられる体勢になっていた。

「月が綺麗《きれい》だなって」

窓の外を見れば、満月が雲一つない夜空を照らしている。

……確かに、綺麗だ。

「……ヴィルって、月が好きよね」

「そうだな。……口説き文句に使うぐらいには、綺麗だと思ってる」

……初めて会った時のことを思い出して、頬が熱くなる。

「……ねえ、ヴィル。何で、私のことを好きになってくれたの？」

ふと、彼に寄りかかりながら問いかけた。

「どうした？　急に」

「急……そうね。聞いたことがなかっただけで、本当は、ずっと気になっていたの。だって、私は貴方《あなた》に会ったのは、数える程よ。それも、最初の一回以外は、貴方も私も身分に縛られた会話しかなかった。……貴方が全てを捨てて私を支えることを選ぶ程に、好いてもらえた理由が、よく分からないの」

「……一目惚《ひとめぼ》れ、と言ったら信じられない？」

答える代わりに、彼の胸に顔を埋める。

「本当に、一目惚れだったんだよ。こんな綺麗な子は見たことがないってね。初めて会った時、もっと一緒にいたい、どうしたらもっと一緒にいられるかな？　って、頭の中でぐるぐる考えてた。誘った時、内心ドキドキしていたよ」

「……それは知らなかったわ。貴方、堂々としていたもの」

「そうか。バレてなかったなら、良かった」

そっと、私は顔を上げつつ体を彼の方に向けた。

「遊んでいた時、ずっと気になっていた。楽しそうに笑っていても、その笑顔に影があった。悲しそうな、全てを諦《あきら》めたような感じがして……心の底から、笑わせたいと思った」

「そう、だったかしら？　……全然気がつかなかったわ」

「それだけ、君の一挙一動に注意を払ってたってことかな」

そう言って、彼は楽しそうに笑う。

「その後、君のことを捜した。でも、見つからなかった」

「でしょうね……あの頃は、私、王宮にいなかったもの」

「それでも諦めきれなくて、捜した。それで、セリアと名乗った女の子が第一王女だと分かった。

同時に、納得した。強過ぎる魔力を持つ自分を恐れていたことを」

「……何で？」

驚いて、思わず目を見開いた。

「俺の魔法は、『風巻』。風は、色んな声を届けてくれる。だから、ちょっと王宮中の声を拾っただけさ」

「……呆《あき》れた。王宮の情報を盗み聞きって……バレたら、ただですまなかった筈《はず》よ」

そう言うと、若かったからねえ……と、苦笑を浮かべながら彼は呟《つぶや》いた。

「どうにかして、君を塔から出せないかと調べた。……そうして調べている内に、あの事件が起こった」

あの事件……お父様とお母様が亡くなったことを、指しているのだろう。

「……望みは、叶《かな》った。君は、塔から出ることができた。でも、両親を亡くした君にすぐに会いに行くことはできなかった。軽々しく会えないというのもあったし、不幸があったばかりの君に、何て声をかければ良いか分からなかったから。そうして躊躇《ちゅうちょ》している間に君との婚約が決まり、顔合わせをした時……君の表情は、益々翳《かげ》っていた」

その声は冷たく、そう呟いた彼の表情こそが、翳っていた。

「はじめ、両親の件があったからだと思った。けれども、それだけじゃない気もした。人形のように無気力で、けれども君の瞳《ひとみ》には怒りや憎しみが映っていたから。それで、俺は事件のことを調べ始めた。……そうして五大侯爵家の関与を知った時、愕然《がくぜん》とした」

そっと、彼の頬に手を添えた。

「……五大公爵家が存在する限り、君の翳りはなくならない。最早《もはや》国にとっても、五大侯爵家の存在は害悪にしかならない。だから、決めた。五大侯爵家を潰《つぶ》すべきだと。……ルクセリアこそ、何で俺を愛してくれた？　君にとって俺は、仇《かたき》の息子だぞ」

「初めて会った時のことが忘れられなかったのは、私もよ」

そう言って、笑う。

「あの時……貴方の口から出る言葉と、心の声が一緒だった。嘘のない貴方と一緒にいるのは、心地良かった。……そんな人、今まで会ったことがなかった。だからこそ、貴方が婚約者となったのは心が痛かった。あんな形で、貴方と会いたくなかったから」

彼の手が、私のそれと重なった。

「……だから、私も一目惚れだったのかもね」

コツンと、額と額が触れる。

「あの頃の俺に言ってやりたいね。もがいた先に、こうして幸せがあると」

「……そうね。私も」

「愛しているよ、ルクセリア」

「愛しているわ、ヴィルヘルム」

目が覚めると、横にはヴィルヘルムがいた。

「おはよう、ルクセリア」

にこやかに微笑む彼に、思わず頬が緩む。

そのままゴロンと彼に寄れば、彼は笑みを浮かべながら抱きしめてくれた。

「ねえ、ヴィル。今日は休みね」

「そうだな。……そろそろ、ご飯でも作るか」

立ち上がった彼に、私も後を追うように立ち上がる。

普段いる王宮の寝室よりも狭く、質素な家具。

ここは、離宮。……ヴィルヘルムと結婚した後に、建てた建物だ。

ヴィルヘルムと休みが揃《そろ》う日は、大抵この建物で過ごしていた。

まあ……離宮とはいっても、掘っ立て小屋のような建物。

使用人もいないので、何でも自分でこなさなければならない。

「……それにしても、貴方が料理できるなんて驚き」

「まあ……街に家買って、そこを活動拠点にしていたからな」

「知らなかったわ。……活動拠点って、何？」

「あんまり家で話せないだろう？　自分の家を潰す話なんて」

「……そう、ね」

「そんな顔をしないでくれ。背景はともかく、そこでの生活は結構楽しかったんだぞ。外に出て城の外の常識もバッチリだと思っていたけど……生活してみると、案外何もできなくて困ったな。それより俺としては、ルクセリアが料理できることの方が驚きなんだけど」

「ほら、小さい頃は塔で暮らしていたから」

そんな会話を繰り広げつつ、出来上がった食事を二人で食べた。

「今日はどうする？　読書？　それとも、庭でピクニックでもする？」

「ねえ、ヴィル。我儘《わがまま》言っても良い？」

「どうぞ」

「街に、遊びに行きたいの。貴方、結構王都でも街に出ていたんでしょう？　オスカーに聞いたわ」

「……あいつ」

悪態をつきながら、彼は苦笑した。

「良いよ。それじゃ、支度をして行こうか」

それからシンプルな服に着替えて、こっそりと王宮の敷地から出た。

吸い込まれそうな程、透き通った青空。

気温も暖かくて、散歩日和だった。

街は活気に満ち溢《あふ》れ、見ているだけでワクワクしてくる。

「ここで、よく買い物していたな。ちなみに、オスカーと初めて会ったのも、ここ」

案内されたのは、市場だった。

すでに出来上がった料理を売っている区画もあれば、材料を売っているお店が集まる区画、それから衣服等の日用雑貨を売っている区画もあった。

夢中になってお店を見ていたら、いつの間にか人混みに紛れてヴィルヘルムと離れてしまった。

……浮かれ過ぎたな、と素直に反省する。

迷子の鉄則はその場から動かないだけど……このまま人混みの中にいたら、見つけてもらえない気がする。

そんな訳で、あまり人通りのない場所で待機することにした。

「一人で寂しそうだなあ……俺らと飲みに行かないか?」

そうして待っていると、男に声をかけられた。

相手は、三人組。既に飲んでいるのか、若干顔が赤い。

「申し訳ないけれども、人を待っているの」

「そんなことを言わずにさぁ……。女を待たせる男なんて、ロクな男じゃないよ」

「うっゎ……っていうか、お姉さん、本気で美人なんだけど」

うっわ……ベタなセリフ。思わず、素直に顔を顰《しか》めた。

「本当だ。え、お姉さん。こいつらも置いて、さっさと俺と二人で行こう」

黙っていたら、何故か三人で喧嘩《けんか》を始めた。

「何言っているんだよ、俺とだよ」

放って置いて、この場を離れよう……そう思っていたら、男の手が伸びてきた。

このぐらいだったら、アーロン国軍団長直伝の体術で一捻《ひね》り。

でも、ここまでベタな展開だったら、それらしくヴィルヘルムに助けてもらいたいなあ……なんて妄想しながら、ぼんやりとその動きを見ていた。

そしてその手が、別の男の手によって振り払われた。

「申し訳ないけど、この女性は俺のなんだ。他を当たってくれ」

手と声の主は、勿論《もちろん》ヴィルヘルム。

……ベタだけど、やっぱり嬉《うれ》しい。

「はあ？　後から来て何言っているんだよ！」

男が手を上げたけれども、全然心配はない。

予想通り、彼と私を中心に発生した竜巻が男たちを吹っ飛ばして終わった。

「ありがとう、ヴィル」

「否……目を離した俺が悪かった。……無事で良かった」

ヴィルに抱きしめてもらって、うっとりと目を瞑《つぶ》る。

「あ、後片付けを頼むな」

突然宙に向かって、ヴィルが言った。

「ヴィル……誰に向かって言ったの？」

「え？　君の護衛」

「え？　いるの、護衛？」

「勿論。君の立場を思えば、当然のことだろう」

「そうですよ。ちゃーんと、出かける前にヴィルヘルム様は教えてくれたんです」

スタッと軽やかに、トミーが現れた。

「え？　トミー……貴方が護衛についていたの？　貴方も忙しいでしょうに……」

「こんな面白そうな仕事、他の人に譲るなんて勿体《もったい》ない……あ、違いました。たまたま他の仕事と仕事の合間で時間が空いていましたので」

思えばヴィルヘルムとのデート風景を一部始終見られていたのかと思うと、恥ずかしくてジト目でトミーを見てしまった。

「そう言えば、どうして大人しくしていたんですか？　貴女なら、早々に倒してしまえたでしょうに」

……言えなかった。

まさか、颯爽《さっそう》と現れる白馬の王子様よろしく、ヴィルヘルムが助けてくれるところを妄想して、反応が遅れたなんて。

「急に男たちに囲まれたら、咄嗟《とっさ》には動けないだろう。……目を離して本当に申し訳なかった。そろそろ、帰ろうか」

ヴィルヘルムの助け船に、素直に甘える。

「ヴィルヘルム……私、貴方とお出かけできて楽しかったわ。だから、また連れてきてね」

「君が望むなら。これからは……いつでも、自由に」

そうして、私の久しぶりの外出は幕を下ろしたのだった。

あとがき

ご無沙汰《ぶさた》しております。澪亜《れいあ》です。

本書を手に取ってくださり、誠にありがとうございます。

一巻発刊当時とは、随分世の中の状況が変わりました。

当たり前と思っていた日常が、何ともありがたいものなのかということを考える日々です。

今、最悪の事態にならないよう頑張っている方々、日常を取り戻そうと頑張っている方々、至るところで色々な方が頑張っているのだと思います。そんな全ての方に、頭が下がる思いです。

さて筆者の近況ですが、運動不足なので筋トレをするようになりました。

三日坊主にはならず、です。昔の私が聞いたら、驚くでしょう。

友人と中々直接的には会えず、オンラインで話すことが大半となりました。

私は昔から本が読めれば幸せ……という人間でしたので、家にい続けることに苦痛を感じることはありませんが、それでもやはり極端に人と接触ができないこの状況に寂しさを感じることがあります。

だからこそ、逆により本の世界に没頭しているような気がします。

好きなモノは、それそのものが救いになるのだと思います。

とは言え、そう実感できるのは、私の好きなモノが家の中でできることだったからです。

早く、誰もが好きなことを好きなようにできる自由な世の中に戻ることを願うばかりです。

さて、改めて皆様に御礼を。

双葉《ふたば》様、今回も美しいイラストをありがとうございました。いつも楽しみにしておりますが、今回の美麗なイラストに興奮しました。

担当様、サポートをありがとうございます。周りの皆様にも、多大なご支援を感謝しています。

何より、この本を手に取っていただいた読者の皆様。

本当にありがとうございます。また、お目にかかれる日を楽しみにしています。

澪亜

カドカワBOOKS

悪徳女王《あくとくじょおう》の心得《こころえ》2

2021年3月10日　初版発行

著者／澪亜《れいあ》

発行者／青柳昌行

発行／株式会社KADOKAWA

〒102-8177
東京都千代田区富士見2-13-3
電話／0570-002-301（ナビダイヤル）

編集／角川ビーンズ文庫編集部

印刷所／暁印刷

製本所／本間製本

Printed in Japan
ISBN 978-4-04-111134-5 C0093